Sonya
ソーニャ文庫

お婿さまは下僕になりたい

斉河燈

イースト・プレス

contents

プロローグ

レコンシオン家の居城には、絶えず潮《しお》の香りが満ちている。

海があるのは城の裏手、浅い防風林《ぼうふうりん》を抜けた先だ。船を着けられる浜はなく、海岸には石の柱を荒々しく崩《くず》したような岩の破片と、高く切り立った冷徹《れいてつ》な崖《がけ》だけがそびえている。

街のような賑《にぎ》わいはないが、眺めはパルマ王国随一《ずいいち》。

天候のいい日には、隣国の島々まで見渡せる。

だが、この立地は《いざとなれば一族もろとも崖下に飛び込んで死ね》という意味なのだと、ノワズティエは父からよくよく言い聞かせられながら十六まで育った。

「ノワズティエ――ノエ！　どこにいるっ」

迫力ある声が廊下の先から聞こえてきて、ノエはびくっと顔を上げる。

斜めに迫《せま》る天井、古びた燭台《しょくだい》と炎の揺れる蝋燭《ろうそく》一本。そして、折り曲げた膝《ひざ》の上には開いたままの図録が一冊。

ああ、しまった、うたた寝していた……と気づいたところで、もう遅い。

「ここか！」

ばんっ、と背後で腰高《こしだか》の木戸が勢いよく開くと、屈《かが》んでこちらを覗き込む父のシルエットがドレスの裾《すそ》に落ち、ノエはいっぺんに青ざめる。

「お、お、お父さま」

「おまえという娘は……っ。納戸《なんど》に引きこもるのはやめろと、何度言ったらわかるんだ！」

「もも、申し訳ありませんっ」

乱れた髪を整えつつ、わたわたと廊下へ這い出した。

階段下に位置する納戸は、幼い頃からノエのお気に入りだ。かすかに潮の匂いのする、狭く静かな環境が読書に適している。いや、読書という目的がなくても、ノエはこういった奥まった空間で、できれば朝から晩まで過ごしていたい。

食事でも茶会でも、選べるなら席は壁際。

馬車や車に乗るなら、出入口のないほう。

狭い場所にいると安心するのは、景色の開けたこの屋敷で育った反動か、それとも胎内《たいない》のような環境に安心感を覚えるからか。いや、それなりに理由がないこともないのだが、半分は確実に単なる趣味で、どんな説明をしたとしても父が納得しないのは確かだった。

それに、ノエだって父の気持ちはなんとなくわかる。

「仮にも王家から血を分けたレコンシオン公爵家の人間でありながら、落ち着く場所が納戸とは嘆《なげ》かわしい！」

　廊下を歩きながら、父リーヴィエはぼやく。茶色の乗馬用ズボンに、革のベスト。筋肉質な肩に鷹《たか》の羽がついているところからして、朝から鷹狩りに勤《いそ》しんできたのだろう。

　活動的なところが、娘のノエとは正反対だ。

　ノエは外で体を動かすより、じっとしていたい。人見知りとか他人と関わりたくないとかいうわけではないのだが、ひとりで大人しくしているほうが数倍落ち着く。

「レコンシオンの名を背負っているという誇りを忘れるなと、何度言ったらわかるんだ、おまえは！」

「……その、納戸の中にいるから誇りがないというのは暴論かと思います……」

「ならば、納戸に引きこもったままで婿を見つけられるというのか。違うだろう。おまえももう十六、教養は完璧に身につけさせたのだから、婿候補が名乗りを上げてもおかしくないはずなのだっ。もう何十回言ったかわからんが、おまえが婿を取れなければ、この家はおしまいなのだからな！」

　婿、婿、婿。右上から降ってくるのは、この頃お決まりの説教だった。

　なにしろノワズティエはレコンシオン公爵家における唯一の子である。

　堅物の父リーヴィエは若くして流行病で亡くなった愛妻マリーのあとに妻を迎える気はなく、愛人の子も存在しない。そのうえ、リーヴィエの男兄弟は皆若くして亡くなっており、彼らが遺《のこ》した男児も早逝《そうせい》している。ゆえに、レコンシオン家の家督は特例的に、まだ見ぬノエの息子に託《たく》されていたのだった。

しかし、ノエの容姿は中の中。

スタイルもそれなり。

はっきり言ってしまえば、これといった外見的特徴がないのが特徴で、そこへきて隅《すみ》にいるのを好むものだから、周囲からの印象はますますぼやっと薄いわけで……。

「でも、お父さま。わたしだって、まったく努力していないわけではないのです。これまで様々な集まりで、いろんな殿方に声をお掛けしてきたわ。でも、さっぱり顔を覚えていただけないの。もっと酷《ひど》いときはその場にいるかどうかすら、認識されていないふうで……これって、隅にいても真ん中にいても変わらないと思いません？」

「やかましい」

「それに、みんな、わたしがレコンシオン家の娘とわかると周囲からいなくなってしまうんです。だから、我が家の家業が特殊だということも、当然考慮に入れるべきかと」

「やかましい、やかましいっ。原因はおまえの魅力不足だ。それ以外にない！　図々しくも家業の所為《せい》にするでない！　だいたいおまえという娘は――」

運悪く、父の機嫌は最悪だった。今夜は社交界デビュー当日だというのに……おおかた、狩りの成果が思わしくなかったのだろう。そんなわけでノエは夜会に向けて身支度を始めるまで、延々《えんえん》と説教を聞かされる羽目になったのだった。

こんなことなら、言い訳などせず、すべての言葉に「はい」と答えていればよかった。

十六になってまで父に説教されていることを、天国の母は嘆いているに違いない。

（ごめんなさい、お母さま。お母さまは美人で社交上手の賢夫人だったのに、娘のわたしは目立たないうえに運動不足の出不精《でぶしょう》で……）

胸の中で懺悔《ざんげ》しながら馬車に乗り込み、王宮に向かう。

もしかしたら今夜、運命の出逢いがあるかもしれないという淡い期待を抱きながら。

1. 初恋の記憶

社交界シーズンは、どうして秋に幕を開けるのだろう。

春のほうが景色も色鮮やかでいいのにと、ノエは幼い頃から不思議に思っていた。

夏の間、領地の屋敷や別荘で過ごした人々は、ひときわ着飾って街に集まってくる。

華やかな彼らの装いに反し、街路樹は枝ばかりで色もない。レンガの赤茶と石造りの灰色に、かろうじて空の青と常緑樹の深い緑があるばかり。

冬も本番を迎えれば雪の花が咲くが、それはまだ少し先の話。

「ああ、もうっ。誰か嘘だと言ってぇ……！」

華々しいはずの社交界デビューの夜、ノエは王宮の回廊《かいろう》を早足で引き返していた。

両手でたくし上げた桃色のドレスは、腰から下が赤くまだらに染まっている。自宅を出るときは完璧だった栗色の巻き髪は乱れ、青緑色の瞳からは今にも涙がこぼれそうだ。

（よりによって、こんな日に赤ワインをこぼされるなんて！）

ドレスを汚した犯人は、父リーヴィエだった。

敬愛する王に勧められ、一杯だけ、もう一杯だけとなし崩しに飲んで泥酔《でいすい》した。いつも厳格な父は、アルコールに侵《おか》されるとここぞとばかりにゆるゆるになるからいけない。念のため替えのドレスを馬車に積んできた自分に感謝、と同時に少々虚《むな》しい。

――早く着替えて戻らないと、ワルツが始まってしまうわ。急がなくちゃ。

この夜のため、そして父に自分だってやればできるのだというところを見せるため、半年間、毎日欠かさず練習をしてきたのだ。ワルツだけは絶対に参加したい。

息を切らして走るノエの前には、月明かりが点々と落ちていた。回廊のアーチの形にくり抜かれ、斜めに伸びた扉のような明かりだ。

ダンスホールから漏《も》れ聞こえてくる優雅なメヌエットが遠ざかると、己の足音だけがカツカツと中庭で反響して、その音がノエをますます急かした。

「……よね。困ったわ」

すると、角にさしかかったところで声がする。

「困ったなんて、言ってはいけないと思うのだけれど」

「私だって同じよ。だって、ねえ？」

歩く速度を緩《ゆる》めたのは、その声に聞き覚えがあったからだ。

幼い頃から姉と慕う、伯爵令嬢三人の声。遠縁にあたる彼女たちは皆、ノエより三つほど年上で、貴族同士の集まりとなるとノエの世話を焼いてくれる恩人でもある。

そういえば、ダンスホールに姿がなかった。こんなところにいたなんて。声をかけようとしたノエはしかし「ノエは悪くないのよ」という言葉で動きを止めた。

自分の話題だ。

「ノエ自身に非はないのよ。隅のほうばかりにいたがるけれど、素直でいい子だし。でも、半年前にあんなことがあったでしょう。思い出すと、自然とかまえてしまうわ」

「わかるわ。わたしも、これまでどおりに接したいと思っているのよ。ノエもノエのお父さまもいい人だし、今まで、ずっと気にしたことなんてなかったもの」

「私だってそうよ。幼い頃からの仲だもの。せっかくの社交界デビュー、素直に祝いたいと思っているわ。でも……」

ひそひそと話す彼女たちの口調は、深刻そのものだ。

「これから夜会のたびにノエが側にいるかと思うと、後ろめたいところがなくても息が詰まりそうだわ。だって、ノエのお父さまは王宮の粛清屋《しゅくせいや》ですもの」

粛清屋――それは、ノエの父リーヴィエが背負う宿命の名。

書いて字のとおり、王宮内の粛清を責務としている。標的になるのは王の命を狙う者、あるいは領地にて私利私欲に走る者など。簡単に言えばクーデターの芽や、傾国《けいこく》の要素を早期に摘《つ》むのが役割だ。

粛清屋という役目ができた当初は人知れず使命をまっとうしていたらしいが、それから四百年。誰が口を滑《すべ》らせたとか秘密を暴いたとかでなくとも、徐々に周囲が気づかないほうがおかしい。

ノエが物心ついたとき、父は堂々と粛清の任務を遂行《すいこう》していた。

それが当然なのだと思っていた。

（……そうよね。親しくても、気になるわよね）

ノエは壁の陰に隠れ、嘆息《たんそく》する。

なんとなく、最近彼女たちがぎこちないことには気づいていた。

きっかけは、半年前の出来事。彼女たちが揃《そろ》って「素敵！」と騒いでいた憧れの子爵子息が、リーヴィエの手によって粛清されたのだ。敵国に軍の機密情報を渡そうとしていたためだったという。

父の行いは正しかった。それは断言できる。

けれども、ノエは彼女たちにどう声をかけていいのかわからなかった。元気を出して、などと慰める立場にないことは理解していた。

――いっそ詫《わ》びてしまえばよかったのかしら。

そんな考えが一瞬浮かんだものの、ノエはふるっとかぶりを振る。

（詫びるって、何を？　父が粛清屋であることを？　子爵子息を粛清したことを？）

だが、ノエは父の仕事を誇りに思っている。父の働きがあってこそ、王国の平和が保たれるのだし、ノエだってこうして華やかな場で綺麗なドレスを着ていられる。

それを申し訳なく思っていいはずがない。

ノエは顔を上げ、回廊のアーチの向こうに夜空を仰《あお》いだ。

幼い頃から、苦しいときは決まって月を見上げた。日々狂いなく満ちては欠け、己の通るべき道を心得ている様子は、ノエに生まれ持った宿命を受け入れる勇気をくれた。

今夜は満月。少しも欠けたところのない自信に満ちた輝きは、ささくれ立ったノエの心を丸く柔らかく包み込んでくれる。

すると、今回だって大丈夫だと思えた。誰がどんなふうに思っていようと、自分は自分だ。申し訳なく思うことも、嘆く必要もない。

きゅっと踵《きびす》を返し、今来た回廊をまっすぐに駆け戻る。

馬車へ戻るには、彼女たちのいる通路を通らなければならない。だが突然飛び出して行って、彼女たちに気まずい思いをさせるのは本意ではなかった。

「ノワズティエ！　馬車へ戻ったのではなかったのかっ」

当然、父は顔を真っ赤にして怒った。愛娘が汚れたドレスのまま、社交界デビューの場に戻ってきたのだから無理もない。

もとはと言えば、リーヴィエの所為なのだが。

「申し訳ありません。その、道がわからなくなってしまいまして……」

「阿呆《あほう》め、回廊の先を左だ。もう何度も通った道なのに、何故覚えられないんだ！」

泥酔していたはずなのに、怒りで酔いが覚めたのか、リーヴィエはいつもの堅物のリーヴィエに戻っている。もともと通る声を張り上げるものだから、周囲の視線が集まってきてノエは焦った。

「でも、ええと、あ、お父さま、ワルツが始まります！」

タイミングよく楽団がワルツの演奏を始めて、どんなにほっとしたかわからない。

デビュタントが初めて参加するワルツは、今夜の舞踏会《ぶとうかい》のメインイベントだ。結婚適齢期を迎えた男女のお披露目とあって、彼らの両親はもちろん、独身の男女もしんと静まり返ってダンスホールの中央に注目する。

誇らしげに躍り出る、若き紳士淑女。ノエだって本当は、輪の中にいるはずだった。

（……パートナーがいなかったのがせめてもの救いだわ）

ここぞとばかりに飾り立てた彼らの中に、汚れたドレスで加わるなんてもってのほか。嘲笑《ちょうしょう》の的になるのはわかりきっているし、だからといって土壇場《どたんば》でパートナーを解消するなど、それこそ相手に恥をかかせる行為にほかならない。

するとそのとき、すっと目の前に掌《てのひら》が差し出された。指の長い、骨ばった掌だった。

顔を上げると、背の高い男が少々体を折るようにしてこちらに手を差し伸べている。綺麗に着こなされた盛装や場馴れした雰囲気からして、今夜が社交界デビューというわけではないだろう。

「え、あの……」

さらりと左右に流した、長めの銀の髪。すっと切れ上がった、涼しげな目もと。ほどよく日焼けした色の肌には色気があって、黄みの強いペリドット色の瞳は今にも吸い込まれそうなほど澄みきっている。

「パートナーは僕でよろしいですか」

「え」

「ご迷惑でなければ、今夜は僕と。僕の名は――」

彼は続けて名乗ったようだったが、ノエには聞き取れなかった。

きゃあっと甲高い声が間近で上がったからだ。令嬢たちが、彼に気づき色めき立つ。

「いらしたわ！」

「デビュタントに声を掛けていらっしゃるわよ！」

待ちわびていたような噂話からして、有名な人物なのは確かだった。いや、これほどの美形なら名が知られていないほうがおかしいだろうが――。

そんな人がどうして、ノエに声を掛けてくるのか。

「ひ、人違い、です……よね……？」

「レコンシオン家のノワズティエ嬢でしょう。お父上のリーヴィエ殿とともに、馬車から降りるのをお見かけしました」

「見かけたって、それだけで、このわたしを覚えてくださったとおっしゃるのですか」

「ええ、もちろん」

彼は差し出した手を引っ込めない。ノエが応じるのを待っているようだ。

「どうして……」

「あなたに興味があるからです」

「わ、わたしに？」

「粛清屋の血すじや家柄のことは一旦脇《わき》に置いておいて、です。僕が知りたいのはノワズティエ嬢、あなた自身のことです」

そんなふうに面と向かって言われたのは初めてだった。

血すじや家柄のことは一旦脇に置いて――嬉しいと、素直に思う。思うけれども。

「……ですが、わたし、ドレスが濡れていますし。このまま踊ると、あなたのお召し物を汚してしまいます」

スカートを少々つまんでみせると、彼はようやくノエのドレスの腰下の染みに気づいたらしい。差し出していた手で顎《あご》を撫《な》で、ふうん、と唸《うな》る。それから斜め前にいたマダムに声を掛け、紅潮した彼女の手から「失礼」とワイングラスを奪う。

もしやとノエが思ったときには、その赤紫色の液体は彼のアスコットタイから下に向かってぶちまけられていた。

――うそ。

「これで、気にならなくなったでしょう」

なんて大胆なことを。アスコットタイもシャツも真っ赤だ。

ノエは青ざめたが、彼は平気な顔で給仕係に空のグラスを手渡す。そしてノエの右手を取り、ワルツの輪の中に滑り込む。

「な、な、何を……っ」

事態が呑み込めないながらも、ノエはステップを踏《ふ》むしかなかった。中途半端な場所で立ち止まっていては、踊っている人たちの迷惑になるからだ。

「せっかくの社交界デビューです。今日のために練習していらしたのでは？」

「わたしが聞きたいのはそういう話ではなくてっ」

「こうまでしてダンスに誘うほど、あなたに興味を持ったのは何故と？」

「っ……そう、それです……！」

運動不足のノエはみるみる息切れしてゆくのに、男は涼しい顔をしている。握った掌は柔らかいから、軍部の人間ではないだろう。特権階級の人間であることは確かなのだけれど——と、粛清屋の娘らしく考えを巡らせてみても、今夜が社交界デビューのノエには彼の家柄さえ見当もつかない。

「実は先ほど、回廊であなたをお見かけしたのです」

「か、回廊？」

「ええ。あなたは壁に隠れて、ご自身の噂に耳を澄ましておいででした」

見られていたのか。

ぎくっとするノエを、彼は身軽そうにターンさせる。そして右に方向転換しながら「泣くのではないかと思いました」と平然とした顔で言う。

「あるいは、奥歯を嚙《か》み締めて悔しがるだろうと。何故なら彼女たちの噂話は、己の優し

さを演出するだけの単なる陰口でしたから」

口さがない。この人、神経が太いほうなのかも、とノエは思わず苦笑いを浮かべた。

「……ずいぶんしっかりと、耳を澄ましていらしたんですね」

「意識半分でも聞き取れるような声でしたからね。あなたは、あまり気にしていないような表情でしたが。もしかして、聞かなかったことになさいましたか？」

思わずステップを踏みそこねそうになる。

表情まで見られていたなんて……。いや、見られて困るものではないのだが。とはいえ見られていたかと思うと、すこぶる決まりが悪い。

「そういう、わけでは。だって、わたしを貶めるような口ぶりでは、なかったですし」

はあっと荒く息をして、ノエはターンをする。桃色のドレスの裾がやや遅れてすねにくるりと巻きつき、また、花が咲くようにほどける。

「彼女たちの話には悪意がなかったと？」

「な、なかったではないですか」

「ずいぶんとお人好しでいらっしゃるのですね。この世には根っからの悪人など存在しないとでも、考えていらっしゃるのですか？」

「そうじゃ、ないです。すべての人が、善人だと、盲目的に思っている……わけじゃ」

全部話さないといけないだろうか。

迷ったものの、アスコットタイに残る赤ワインの染みが目に留まり、簡単にはあしらえない相手だと思い直した。

「わたし、心に……決めていることが、あるんです」

決意したのは、五つで母を亡くしたとき。父とふたりで、遺されたときだった。

「父が人を……疑うのが仕事なら、わたしは父のぶんも信じよう、って」

「信じる？」

「周囲の人たちの、善意とか、優しさとか……父なら当然、裏があると疑ってかかるようなことを、です。だって、たったふたりしかいない家族で、ふたりとも疑心暗鬼になったら……それは、とても苦しい生活に思えた、から」

周囲の人間を疑わないために、ノエは、身の回りのほとんどのことを自分で行う。

たとえば腹を痛くしたとき、誰かに毒を盛られたと思いたくない。宝飾品をなくしたとき、身近な人に盗まれたと思いたくない。暇さえあれば納戸にこもっているのも、半分はただの趣味だが、あとの半分は、他人と接触する機会が増えれば増えるほど、疑わねばならない機会も増えるからだ。

現実から目を逸らしているだけなのだということは、自覚している。それでもノエは、唯一の家族である父にとって心の安らぐ場所であるべく、進んで悪者を作りたくないのだ。

「だから……悪意があるのではと、勘《かん》ぐったりしたくないんです……っ」

背中を彼の腕に預け、大きく胸を反らす。ペリドットの瞳から食い入るような視線が注がれていたが、ノエの意識はそのとき外に向いた。

（あ……）

気づいたのは、こちらに注がれている多くの視線だ。踊るふたりの一挙一動に、皆が注目している。だが、萎縮《いしゅく》することはなかった。単に羨《うらや》まれているのだと思うと、ノエは不思議と忘れていられる気がしたのだ。自分が、粛清屋の娘であるという大前提を。

「そうですか」

澄んだ瞳でノエを見つめたまま、握る手にわずかに力を込めて彼は言う。

「あなたには、信念がおありなのですね」

「信念……。そんなに、たいそうなものでは」

「たいそうなものですよ、充分」

冴え冴えとした美貌《びぼう》の持ち主にこれほどじっくり見られていると、申し訳なくて身が縮んでしまいそうだ。周囲からの視線は気にならないのに、彼からの視線だけは酷く気になる。

印象の薄いこの顔を無駄に眺めているくらいなら、人混みの中に美人を探したほうが時間を有効に使えるだろうに。

「あ、あの……」

注がれる一途な視線に耐えかねて、ノエは口を開く。

「その、あなたは、強いのですね」

「うん？」

「こんなふうに、何をしていても注目されていたら……わたしがあなたなら、いつかうんざりしてしまいそうだなって……」

　生まれたときからこうだと、意識することもないのだろうか。いや、いくら麗しいからといって、見られて当たり前だなんて思える人間はそうはいないだろう。

「あ、でも、それだけ顔を覚えてもらえているとも解釈できますね。わ……わたし、印象が薄すぎて、ちっとも覚えてもらえないので、コツをお聞きしたい、かも」

「コツ、とは」

「どうしたら、他人に顔を覚えてもらえるのか……って、す、すみません、何を言っているんでしょう。見た目で、すでに差があるのでした……っ」

　酸欠で頭が回らない、というのは体《てい》のいい言い訳か。

　おかしなことを言ってしまった。恥ずかしさのあまりノエが頬を赤く染めると、彼は踊りながら「ふっ」と突然噴き出した。

「本当に勘ぐらないのですね。その顔で何人騙《だま》したのかとか、そういうことは」

「え」

「純粋にもほどがありますよ。ますます、あなたに興味が湧きました」

　控えめながらもくしゃっとゆがんだ笑顔は、それまでの涼しげな印象を見事に覆すほど柔和だ。やや幼く見えるというか、ほどよい隙《すき》が視線を誘うというか。

　つい見惚《みと》れた瞬間、ステップが疎《おろそ》かになった。

「っ！」

しまったと思ったときには、一歩を踏みそこねていた。軸足《じくあし》がぶれて、体が左に傾く。大理石の床に倒れ込みそうになって、反射的に全身がこわばる。

すると背中にあてがわれていた腕が、腰に回ってくる。直後、ふわ、と抱き上げられたと思ったら、ノエは彼のステップを身軽に飛び越えていた。

「あ……っ」

ヒールの先が着地しても、ノエはまだ宙に浮いている気分だった。

（すごい……！）

こんなアドリブのターン、初めてだ。

「っあ、ありが――」

ありがとうございますと、ノエは伝えるつもりだった。これだけ注目されていて、萎縮するどころかパートナーのミスもカバーできるなんて相当な腕前だ。

しかし、言葉の途中で彼の唇がノエの右耳に寄せられる。

「どうしてでしょうね。なまめかしい息切れさえ、神聖に感じられるなんて」

「っ……！」

なまめかしいなんて、何を突然。

何を言っているのかと言い返したかったけれど、苦しくてできなかった。まだ余裕のある彼は、斜め上からノエを愉快そうに見つめている。

心臓が鳴り止まない。どうしよう、逃げたい。それなのに見た目よりしっかりした腕の中はノエが好むどんな物陰より狭くて、そして不思議なくらい居心地がいい。ターンのたびにふわっと浮かび上がるような感覚が、徐々にノエを虜《とりこ》にしていく。

「踊って。今夜のあなたの振る舞いは、皆を跪《ひざまず》かせるにふさわしい」

恍惚《こうこつ》に似たその微笑みは、このうえなく鮮やかに、ノエの印象に残ったのだった。

それ以来、王宮での夕食会や舞踏会に赴けば必ず彼から声を掛けられるようになった。人混みに紛れていても、隅で物陰に隠れていても、その人はノエを見つけ出す。まるで空中に印でもついているかのように、ノエからはまったく姿の見えない場所からすっとやってきてうやうやしく手を差し伸べるのだ。

「退屈そうなのに、律儀に出席なさるのはお父上のためですか？」

「……それは」

「正解のようですね。ならば、せめて楽しみましょう。ドリンクは？　赤ワイン——は、やめておきましょうか」

そしてシャンパンを差し出しながら、言うのだ。

「もしまたドレスが汚れても、僕はいっこうにかまいませんが」

彼ほどの人ならば、もっとふさわしい相手がほかにいるはずだ。

声を掛けられるたび、ノエはそう思った。

現に、周囲の女性は彼が側を通ると途端にそわつく。皆、話す機会をうかがっているのだ。それなのに、単に興味があるというだけで毎回ノエばかりを気にかけていたら、良縁を逃してしまうのではないか。

（せっかくの出会いの場だもの、時間を無駄にしないほうがいいわ）

それで四度目の夜会、ノエは王宮に赴いたもののダンスホールに顔を出さなかった。

馬車を降り、リーヴィエと回廊まで歩くと、さりげなく別れて建物の外に出る。月光のもと、向かったのは王族の愛する庭園だ。木々が落とす濃い影に紛れ、ノエは紫色のドレスで迷路のような植え込みの中を奥へ進む。

幼い頃は、リーヴィエに連れられて王宮を訪問すると、いつもここで遊んでいた。大人の話にノエは入っていけないし、姫君や王子たちにもいっこうに顔を覚えてもらえなかったから、ひとりで時間を潰すしかなかったのだ。ノエのお気に入りは木々が四角く刈り取られた部分で、凹《へこ》んだ場所に体をすっぽり収めて座り、息を吐く。

「ふう」

やはり隅はいい。自分でも、こういう目立たない場所こそ自分に似合うと思う。目立つ場所で目立つ人の手を取って踊るより、ずっと。

――さて、何をして時間を潰そうかしら。

定番は星を数えることだ。今夜はいくつか雲が浮いているから、その向こうから星が姿を見せるのを待つのもいい。

ひとまず月を眺めようと夜空を仰ぎ、そこに月ではないものが映り込んで、ノエはぎょっとした。

銀の髪の彼がこちらを上から覗き込んでいた。

「いい場所をご存じなのですね」

「あっ、あっ、あなた……っ」

「どうしてここにいるのかと、聞きたそうな顔をなさっていますね」

「と、当然ではないですか。何故、この場所を」

ノエは驚きのあまり腰が抜けそうだったのだが、彼はいつもの涼しげな顔で笑っている。

「僕はあなたの居場所を感知することができるのですよ」

「は……!?」

目を剝《む》いて驚きそうになって、いや、冗談に決まっているとすぐに我に返った。

「からかうのはやめてください」

「からかってなどいません。僕は夜会のたびにレコンシオン家の馬車が王宮前に着くのを待ちわび、そこからあなたがダンスホールまでお越しになる様子を背後から見守り、ご友人と談笑なさっている間は物陰に身をひそめ……。おかげで、徐々にあなたが好みそうな場所にも見当がつくようになってきた次第でして」

遠回しではあるが、つまりずっと尾行していたという意味だ。前回も、前々回も。

暇なのだろうか。そうだとしたって、何故、よりによってノエを追い回すのだろう。

「今夜はダンスホールへは行かれないのですか、ノワズティエ嬢」

「……あなたこそ」

「あなたがいらっしゃらないのなら、僕はダンスホールに足を運ぶ理由がありません」

それは、夜会に出席する理由はノエだと言われたも同然の台詞だった。

一瞬どきっとしたものの、騙されちゃだめ、と自分に言い聞かせる。女性たちが騒ぐわけだ。容姿が優れているだけでなく、その気にさせるのもうまいなんて。

「あの、女性たちは皆、あなたを待っていると思いますけど」

「お気遣いありがとうございます。ですが生憎《あいにく》、恋とは無縁ですから」

「それならなおさら、時間を無駄になさらないほうが絶対にいいです」

「無駄？」

「こういう集まりって、結婚相手を見つけるための場ですよね。ですから、単なる興味に時間を潰すより、お相手を探されるべきではと思うんです」

言いながら、植え込みのくぼみを出る。本当はもう少し収まっていたかったのだが、いつまでもこのままでいるわけにもいかない。

立ち上がろうとすると、すかさず掌を差し出される。迷いながらも、その手を取る。歩き出すと、彼はさりげなく自分の腕にノエを摑まらせてリードした。

「結婚相手を見つける場所、ですか。恋をする場所とはおっしゃらないのですね」

「結婚のほうが差し迫った問題ですもの」

そう答えたものの、そもそもノエに恋をした経験はなかった。

恋に憧れがないわけではないのだが、幼い頃から目立たない人間だった。レコンシオン家と近しい貴族たちとの集まりに参加しても、親しくなれたのは例の伯爵令嬢三人組だけ。どんなにこちらから声を掛けても、印象が薄すぎるのか、さっぱり覚えてもらえない。たとえ覚えてもらえても、そのときは決まって『粛清屋の娘』という肩書きありきだ。

恋が縁遠く思えるのは当然で、なんとなく他人事だった。

無言のまま、植え込みの迷路を奥に進む。

やがて見えてきたのは、池だ。周囲を苔《こけ》むした岩々に囲まれ、水面には蓮《はす》の葉、向かいの岸には細い滝。いかにも森の奥深くにある池といった風情だ。

「わ……！　これ、人工の池ですよね」

「ええ。ご存じありませんでしたか？　ここに池があること」

「はいっ。初めて来ました」

池があるなんて知らなかった。幼い頃、ここで遊ぶときは決まって、植え込みより向こうへ行ってはならないとリーヴィエに言われていたが……池があるからだったのか。

「ここに神殿や廃墟《はいきょ》が加われば、ピクチャレスクな風景になりそうですね」

「え？」

「最近、図録で見たんです。こんなふうに動きのある、どこか荒々しい景色が描かれた版画。それをピクチャレスクと言って、庭づくりのお手本にするのだとか。景色を絵にするというのはわかりますけど、絵をお手本に景色を造ってしまうなんて、なんだか不思議な気がしますよね」

人工的な曲線が一切見当たらないところが、まさに見事だ。池に魚でもいるのか、揺らいで安定しない水面の月は空に浮かぶ月よりずっと柔軟で見応えがある。

すると、庭を眺めるノエを見ながら、彼はふっと噴き出す。

「やはり、あなたは面白い人ですね」

「面白いですか？」

「面白いですよ。この風景をご覧になって、どんなふうにお感じになるだろうと思っていたら……まさかピクチャレスクとは。予想していない答えでした」

また的外れなことを言ってしまったようだ。思ったままを言っただけなのに。

くすくす笑う男と、ノエはさりげなく距離を取ろうとする。

（やはりひとりで過ごしたかったわ……落ち着かない……）

すると、靴の裏がぴちゃっと音を立てた。地面がぬかるんでいるらしい。

ドレスを汚したら、またリーヴィエに叱られる。慌ててドレスの裾を持ち上げ、さらに後退する。と、彼はすぐにノエの異変に気づいた。

「ああ、いけませんね。こちらへ」

二の腕を摑まれ、引き寄せられる。

その瞬間、ノエの視界に彼の左足が目に入った。ノエをぬかるみから助け出そうと、品のいい靴が泥水に浸《つ》かろうとしている。

「だ、だめです」

慌てて、その手を振り払った。赤ワインで服を汚させたことがあるのに、次は泥で靴を汚させてしまうなんて、あまりにも申し訳ない。

だが、そうしてさらに半歩後退したノエは、靴底がぬるっと滑るのを感じた。一気に体が後ろに傾く。運悪く、苔むした岩を踵《かかと》で踏んだのだ。

「わ、わ」

彼の前でバランスを崩すのは、これで二度目。

普段から転びやすいというわけではないのに、どうしてだろう。彼の輝石のような瞳に見られていると思うと、注意力が散漫《さんまん》になる。

「危ない！」

当然のように伸びてきた腕が、傾くノエの体を受け止めようとする。瞬間的に思い出したのは、初めての夜会でワルツの際に転びかけ、アドリブのターンで助けてもらったこと。

彼なら、絶対に助けてくれる。そう思ったから、ノエは咄嗟《とっさ》に彼の腕をはね除《の》けた。

刹那《せつな》、ペリドットの目が驚きに見開かれる。

ばしゃん！　と水しぶきを上げてノエが池に落ちたのは、その直後だ。

大きな波が、輪状に広がって水面を揺らす。幸いだったのは、水深が浅かったこと。尻もちをついたノエの腰から上は、水面から出たままだった。

「……った……」

やってしまった。ああ、今夜は父からどんな説教をされるだろう。

肩を落とし、池の中でノエは痛むお尻をさする。

「どうして……」

呆然とした呟きに顔を上げると、彼は理解不能とでも言いたげな顔でノエを見ていた。

「どうして、振り払われたのです」

はっとして、ノエは顔の前で濡れた両手を振る。

「え、あっ、あの、あなたに触れられるのが嫌だったのではなくて！」

誤解されたかもしれないと思うと、何故だか、慌てずにはいられなかった。

「あなたなら、絶対に助けてくださると思ったから。ご自分が汚れるのも厭《いと》わないだろうと思ったから……だから、何度も巻き込むわけにはいかないと、その……。あ！　あなたが一緒に池に落ちてしまうような人だという意味ではなくて」

うまく伝えようとすればするほど、話がまとまらなくなっていく。どうしてだろう。誰かと会話をしていて、こんなに焦るのは初めてだ。

「つまり、僕を信用してくださった結果がこうだと……？」

助け船のように核心をつかれて、ノエはこくこくと頷《うなず》いた。

「ええと、もう、つま先は汚させてしまいましたけれど」

「そんなことで……」

彼は己の足もとを見下ろし、まだ怪訝《けげん》そうな表情をやめない。

「そんなことではないです」

寒さに肩を震わせながらも、ノエは水を吸って重くなったドレスを持ち上げる。

「そのシャツ、東洋から取り寄せた絹織物ですよね」

「……どうしてそれを」

「わかりますよ。このあたりで生産される絹織物とは違って、光沢が段違いにいいですもの。薄明かりの中でも違いがわかるくらいだから、東洋から取り寄せたものの中でも相当な上等品のはずです」

言いながら、ドレスの裾をぎゅっと絞った。

「それに、とびきりあなたに似合っていらっしゃいます。染みが残って着られなくなったら、もったいないじゃないですか」

東洋の絹織物に関して知ったのは、あのお気に入りの納戸で読んだ本の中でだった。光沢が段違いにいいと書かれていても挿絵だけでは想像がつかなくて、いつか本物を見てみたいと思っていたのだ。まさか、池に尻もちをついて拝む日が来るとは考えもしなかったが……。

すると、彼の表情がふいに揺らいだ。

ああ、また笑われることを言ってしまったのかもしれない。そう身構えたノエだったが、聞こえてきたのは掠《かす》れた呟きだった。

「……僕なんて、庇《かば》う価値はありませんのに……」

卑下《ひげ》する言い方に、なんとなく違和感を覚える。周囲の視線をものともしない振る舞いからして、彼はもっと自信満々の人間なのだろうとノエは思っていたからだ。

様子をうかがいつつ立ち上がろうとしたら、彼は我に返ったようにフロックコートを脱いだ。それを木の枝に引っかけると、躊躇《ちゅうちょ》なく池に片足を踏み入れる。

「えっ、ちょ、あの」

これでは庇った意味がない。ノエはすぐさま止めたかったのだが、彼は有無を言わさぬ勢いでざぶざぶと池の水を掻き分けてやってくる。

そして高級な絹織物のシャツが濡れるのも厭わずに、ノエを横抱きにした。

「わ、ぬ、濡れてしまいますからっ」

「優先すべきは僕の服ではなく、あなたのお体でしょう。ああ、こんなに冷えて。すみません、呆然としてしまって」

池の外へ運び出され、乾いた土の上に下ろされる。すぐさま、木の枝に掛けてあったフロックコートで体を包まれた。

結局、彼は靴や脚衣だけでなくフロックコートまでびしょ濡れだ。こんな有り様になるなら、いっそ片足を池に突っ込むくらいで助けてもらったほうがよかった。

「も、申し訳ありません……」

「謝らないでください。僕はあなたを尊敬します。己が怪我をするかもしれない場面で、咄嗟に他人を庇える人間はそういません。いざとなれば、皆、我が身が大事に決まっているのに、まさかシャツまで思いやってくださるとは。僕のシャツは幸せ者です」

「あの、シャツが高級そうだから、ついでにあなたを庇ったというわけではないので、そこは誤解なさらないでくださいね？」

「承知しています」

「それにしても、これでは本末転倒――」

言いかけて、ノエはギクリと固まった。

濡れたシャツを捲り上げた、彼の両腕。そこに、縦に引き裂かれた傷痕がうっすらと見えたから。ひと筋ではない、両腕にいく筋も残された裂創《れっそう》は、まるで鋭い爪を持つ獣《けもの》に引っ掻かれたかのようだ。

「……ああ」

彼はすぐに気づいた様子で、腕を庇いながら申し訳なさそうに口角を上げる。

「申し訳ありません、怖がらせてしまいましたか」

「いえっ、怖いなんてまさか！」

だが、気になった。貴族の身分である彼の腕にこんな酷い傷痕がつくなんて、只事《ただごと》ではない。一体何があったのだろう。

そのとき、ノエの靴の中からがぼっと水が溢《あふ》れる。入り込んだままの池の水だ。

脱いで逆さにしようと靴に手を伸ばすと、彼が気づいた様子でしゃがみ込んだ。高い踵を摑んでそれを脱がせ、ノエの足を自分の膝の上にのせる。そして入っていた水を捨て、またノエの足に靴を履《は》かせようとしたところで、ぼそっと呟いた。

「……そういえば、初めてです。我を失うほど、心を動かされたのは」

「え?」

何を言ったのだろう。ノエは体を屈めて、彼の表情を確認しようとする。しかし、片足を彼の膝の上にのせたままでは身動きがとれない。

「あの」

靴を返していただけますか、とノエは言うつもりだった。

しかしその途端、彼の膝の上にのせられていた足を、すっと持ち上げられる。

そしてあろうことか——彼の唇は、吸い込まれるようにノエの足の甲に寄せられた。

「……っえ、え!?」

硬直せずにはいられなかった。どうして足にキスなんて。

足に口づける人間など、宗教画の中でしか見たことがない。現実の光景とは到底思えない。だいいち、彼からこんな口づけを捧げられる理由があるとも思えない。

「決めました」

固まっているノエを見上げ、彼はノエの足に頬ずりをする。そして言った。

「僕はあなたの下僕になります、ノワズティエ嬢」

「は……、え？　げぼ……く？」

唐突に何を言っているのか。ここまでの経緯でどうして下僕などという飛躍《ひやく》した言葉が出てくるのか、さっぱり理解できない。

突拍子もない申し出に理解が追いつかず、目をしばたたくだけのノエに彼は微笑む。

「ええ、下僕です。しもべでも結構ですよ」

「ど、どちらも同じ意味ではないですか」

「呼び名などどうでもよいのです。僕はとにかく、あなたにかしずきたいのです。悪意を疑わないその純粋さ、自己犠牲を厭わないその慈悲深さを、一番近くで仰げる身分になりたいのです」

「かしずくって、どうしてそのような発想に」

「僕のように生きる価値のない人間が、あなたのように尊い女性を敬おうというのです。すべてを捧げて尽くす程度の貢献は当然、いいえ、それでも足りないくらいです」

どうしてそんなに己を卑下するのだろう。

もしや彼は騎士の身分なのだろうか。かしずくのが親愛の証と思っているとか。いや、だからといってこの流れで突然ノエの下僕になるとか言うのは違う。絶対に違う。

「どうか、許すとおっしゃってください」

「あの、今回こそ、ご冗談ですよね……？」

「まさか。僕は本気です。本気で、今日この瞬間からあなたの下僕になります」

「いえ、わたしこそ本気で、下僕なんて欲しくないのですけど……？」

「ご心配なく、お給金を要求したりなどいたしませんから」

ノエの想像はそこまで進んでいなかった。

これは本当に現実？　池に落ちたとき頭を打って、そこから全部夢なのでは。

「煩《わずら》わしいようでしたら、いつでも足蹴《あしげ》にしてください。ご面倒ならば、無視してくださってかまいません。ですから、僕を、どうかあなたの下僕にしてください」

そんなことを言われても、欲しくないものは欲しくない。まず、貴族の身分の下僕など、どこの世界にいるというのだろう。おかしいに決まっている。

だがノエは拒否しきれなかった。迷い犬のような目で見つめられると、不思議と振り払うのが無情に思えてならなかったのだ。

その後、彼はノエを抱いて王宮まで戻り、着替えを手配するとともにノエの父リーヴィエに一緒に頭を下げてくれた。悪いのは自分だからノエを叱らないでほしいと念を押してお願いしてくれたおかげで、ノエはリーヴィエからの説教を免《まぬか》れたのだった。


それ以来、彼はノエに対しますます丁重に振る舞うようになった。

夜会となれば、馬車までノエを出迎えに来る。そこからダンスホールまでのエスコートは完璧で、ドリンクも最適なタイミングで差し出し、空《から》のグラスをノエが自ら片づけようものならこの世の終わりのような顔で恨み節を言う。

「下僕になってもよいと、快くお許しくださったはずですのに……」

「いえ、わたし、そんなことを申し上げた覚えは」

「お嫌でしたら、どうして足蹴にしてくださらないのです！」

「あ、あなたがそうやって真顔で迫ってこられるから拒否しきれないのですっ」

こんなときは毎回、慌てて彼の口を手で塞《ふさ》ぎ、人気の少ないところに引っ張っていく。足蹴だなんて言葉、誰かに聞かれたらどうするつもりなのか。しかし彼はやはり周囲の視線など気にしない様子で、ノエに引っ張られながら恍惚《こうこつ》の表情を見せるのだ。

「ノワズティエ嬢の手で息の根を止めていただけるのなら、それもまた本望です……」

「鼻呼吸してくださいっ！　というか、話せるのなら息だってできるはずではないですか！」

「なんと鋭いご指摘でしょう。さすがはノワズティエ嬢、聡明でいらっしゃいますね」

憤るたびにこうして嬉しそうにされるのも、ノエが困る要因のひとつなのだった。

（もしかして、あれかしら。彼、虐げられて興奮するという性的嗜好《しこう》の人なのかしら）

以前読んだ本の一節を思い出し、そんな考えも浮かんだが、尋ねてみたところ、まず目を輝かせて賞賛された。

「そのような特殊な知識もお持ちとは、脱帽《だつぼう》いたしました。しかし残念ながら、僕はマゾヒストではありません」

「……そうとしか思えないですけど……」

「ふふ。かしずくことにこれほどの高揚感を覚えるのは、対象があなただからですよ。あなたがこの世に存在し、僕はかしずく。これぞまさにこの世の真理と思うと、血湧き肉躍ると言いますか」

まったく意味がわからない。これで理屈が通っているつもりなのだとしたら、特殊な性的嗜好どころの話ではない。今すぐ薬師《くすし》に診てもらうべきだ。

——どんなふうに育ったら、こんなに変わった性格になるの。

はあっとため息をついて、ノエはぼやく。

「あなたに熱視線を送っているほかの女性たちに、教えてあげたいような、教えては酷のような、複雑な気持ちになります……」

「僕があなたの下僕であるという事実を、ですか？」

「あなたがおおいに変わった人間だということを、ですっ。だいいち、あなたがわたしに下僕宣言をしたなんて話、父の耳に入ったら、一体どれだけ説教をされるか……っ」

想像しただけで背すじがぞっとする。婿候補も見つけていないのに男性を下僕として従えているなんて、日付が変わるまで叱ってもきっとリーヴィエの気は済まない。

ノエが身震いすると、彼はうやうやしく体を折り曲げて言う。

「そのときは、きちんと説明いたしますよ。僕が勝手に言い出したことだと」

「説明するくらいで、あの父が納得するとは思えません……」

「絶対に大丈夫です。理解していただけるまでお話しさせていただきますから。お父上に限らず、僕はあなたの身に降りかかるすべての災いから、あなたを必ずお護りいたします」

誓うように心臓に掌を当てる仕草は優雅そのもので、下僕というより育ちのいい貴公子そのものだ。稀《まれ》に見る変わり者だとわかっていても、一瞬視線を奪われてしまう。

するともはや何も言えなくなってしまうのが毎回のパターンなのだった。

（もうっ、厄介《やっかい》すぎるわ！）

とはいえ、彼は強引にノエを人の輪の中に引っ張り出すような真似はしなかった。

ダンスをするなら、隅のほうで。話をするときはノエを壁際に置き、たまにはこっそりと庭に連れ出しもする。隅にいるのが好きと伝えたわけではないのに、ノエが安心できる環境をそつなく提供してくれる。

下僕うんぬんを抜きにすれば、彼は細やかな気遣いのできる紳士なのだ。

居心地は、正直、悪くなかった。

「――ちょっとノエ、どういうことなのっ！」

姉と慕う令嬢三人が押し寄せてきたのは、社交界シーズンも中盤にさしかかった頃だ。

「いつもオルディスさまと一緒にいるけれど、まさか恋人になったのではないわよね⁉」

「社交界デビューも彼がパートナーだったけれど、お父さまはオルディスさまと関わるのを許してくださったのっ⁉」

「前回の舞踏会も、最初から最後までずっとオルディスさまといたじゃないっ。以前はどこにいるのか探しても見つからないときがあったのに、最近は常に目立っているから居場所がまるわかりよ⁉　いつからおつきあいしているのか、説明してちょうだいっ」

王宮の廊下まで引っ張られ、そう詰め寄られた。

「ごっ、誤解です！　あの方とわたしは、そういう関係ではありませんっ」

ノエは慌てて否定しながら、そのとき初めて彼の名を知った。最初に自己紹介を聞き逃して以来、お名前はなんでしたっけと尋ねることもできず、そのままになっていた。

オルディス。彼はオルディスと言うのか。なんとなく聞き覚えがあるような……。

すると、一番背の高い姉は「そうよね」と安堵したように言う。

「ノエのお父さまに限って、許すはずがないわね。彼、あのヴゼットクルエル家の三男ですものね」

「ヴゼットクルエル……？」

ノエの眉間に皺《しわ》が寄る。

オルディスという名前より、ヴゼットクルエルという家名のほうがノエの記憶に濃く残っていた。幼い頃、王室関係者と父がひそひそ話しているのを聞いた覚えがある。

確か、敵国の諜報員《ちょうほういん》の疑いあり、と。

「あの方、ヴゼットクルエル家のご子息なのですか。本当に？」

彼のこれまでの振る舞いからして、信じられない。だが、ヴゼットクルエル家といえば敵国との国境を領地に持ち、軍を率いて国を護ってきた一族だ。ノエにかしずこうなどと考えたのは、命がけで王に忠誠を誓ってきた祖先の血を引いているからなのかもしれない。

ノエが考え込むようにしていると、姉たち三人はぎょっと目を剝いた。

「ノエ、知らずにお相手していたの!?」

「大変だわ。何か、探られるようなことを聞かれてはいない？」

「探られるって」

「お父さまについてよ！　お父さまの監視の目をかいくぐって敵国と連絡を取る手段とか、お父さまを脅してスパイ活動を円滑《えんかつ》に行うための材料とか、それが目的でノエに近づいたのかもしれないじゃないっ」

まさか。そう思う一方で、妙に納得できてしまうところもあった。

あれほどの美形で、数多の女性を惹《ひ》きつけておきながら、わざわざ目立たないノエに声をかけてきた理由。下僕などと言っていたけれど、あれは嘘で、本当は……。

いや、疑いたくない。

「でも、父について尋ねられたことはないんです。何度もお会いしているけれど、一度もよ」

「そうやって油断させて、仲良くなった頃に聞き出す算段なのよ。きっとそうよ」

そうよそうよと、他のふたりも頷いて同意する。

「それにね、たとえ諜報員としての疑いがなくても、オルディスさまはいけないわ。相当な遊び人だもの」

「遊び人？」

「ええ。つい今しがたも、ダンスホールでマダムたちが話しているのを聞いたわ。先日の夜会では名門バロウ家のイザベラを連れて帰ったのですって」

「えっ！　私は子爵令嬢のマリエンヌと馬車で……とお聞きしたわよ」

「あら。その晩は末姫のカミーユさまとお過ごしだったと、カミーユさまご本人がおっしゃっていたわ」

いずれも才色兼備《さいしょくけんび》と誉れ高いご令嬢ばかりだ。すべて本当なら彼は姉たちの言うとおり、相当な遊び人ということになる。あれだけ美しい容姿をしていれば、女性たちが群《むら》がるのも無理はないが。いや、でも。

「……彼、そんなに手の早い人でしょうか」

「何を言っているの、ノエ」

「わたしの知っている彼は、いつでも紳士的なんです。少々言動がおかしいところもあるけれど、わたしに無理強いはなさらないし」

「そんなの、ノエのお父さまを意識しているからに決まってるじゃないっ」

言い切って、さすがに言いすぎたと気づいたらしい。姉は口もとを押さえて、ごめんなさいと小さく頭を下げた。

「いいえ、気にしていませんから」

すぐにノエはフォローしたが、廊下には気まずい沈黙が降りてくる。

気心の知れた彼女たちでさえこうなのだから、ノエを肩書きでしか知らない人物からすれば、粛清屋の娘と諜報員の疑いのある彼が親しげにしているのは、社交界における最大の関心事に違いない。

――ううん、気にするなというほうが無理なのよ。

だが、だからといって今さら距離を置くことなど、ノエにはできそうになかった。

下僕だなんだと迫ってくる点は困りものだが、彼との時間は楽しい。友人も少なく、これまで男性からほとんど相手にされなかったノエにとって、その時間はかけがえのないものになりつつあったのだ。

「ねえ、そろそろワルツが始まるわ。行きましょ」

姉のひとりがダンスホールの方角を指差して言う。あとのふたりに背中を押されそうになって、ノエはさりげなく身を引いた。

「あ、わたし、もう少し涼んでから行きます」

「あら、先に行っちゃうわよ？」

「すぐに追いかけますから、お姉さまたちは先に楽しんでいてください」

そう言って、作り笑いで見送った。まだ、華やかな場に出て行く気にはなれなかった。

振り返ると、窓の向こう、のっぺりとした黒い山並みの上に三日月が浮かんでいた。

いつもなら凛として見える月は、今夜はチーズの残骸みたいだ。少しずつ削られて、いつの間にか薄くなったかのように。そう感じる自分は、疲れているのかもしれない。

ああ、そうだ。疲れているだけ。

酷く落ち込んでしまうのも、ダンスホールに足を踏み入れる気分になれないのも。

「それで、あなたは彼女たちの言葉を信じて落胆なさるわけですか」

すると、背後からそんな声がする。顔だけそちらに振り向けば、彼が立っていた。

「……オルディスさま」

いつからそこに。

驚くノエに、彼は微笑む。

「初めてですね、名前で呼んでくださるのは。きっかけが、件《くだん》の三人娘の讒言《ざんげん》というところを除けば、喜ぶべきところです。あなたが僕のために落ち込むことすらね」

「讒言、ですか」

「ええ。あなたが健気《けなげ》に信じようとしている言葉は、嘘ばかりですよ」

姉代わりの三人の言葉を、信じようとしているつもりはなかった。オルディスを疑いたくなかったから。だが、知らず知らずのうちに信じようとしていたのかもしれない。でなければ、こんなふうに暗い気持ちになるはずがない。

「……オルディスさまは……」

ノエは大理石の床に視線を落とし、俯《うつむ》いて、それからまた窓の外を仰いだ。オルディスの顔を直視するのが、少しだけ怖かった。

「ご存じなのですか。ご自身に、諜報員の疑いがかけられていること」

「ええ」

頷いて、オルディスはノエの左に立つ。ノエにならうように、緩く波打つガラス越しに華奢な月を仰ぐ。

「もちろん、知っていますよ」

「それなのに、粛清屋の娘と知っていてわたしに声をかけたのですか。ますます疑われるとか、疑惑が大きくなるという心配はなさらなかったのですか」

「根も葉もない噂ですから。こうして疑わしい行動をわざわざとることこそ、無実の証明と思っていただけませんか」

彼の言うことには一理あった。

後ろ暗いところのある人間が、果たして粛清屋の娘に声をかけるかどうか。もし本当に彼が諜報員だったとして、周囲がその行動を怪しめば動きにくくなるのは目に見えている。

そう思うのに、納得しきれない自分が少し、悲しい。

「無実なら、どうしてそんな噂が立ったのか……お尋ねしてもいいですか」

「もちろんです。特に隠しているわけではありませんし、社交界では有名な話です。当初、諜報員の疑いがかけられていたのが僕の母であることは」

「お母さまが？」

「そうです。遠征帰りの父が、国境付近で見初めて連れ帰ったのが母です。社交界ではどこの馬の骨とも知れぬ女、として扱われていたようですね。諜報員の疑いをかけるには、もってこいでしょう」

オルディスは少々困り顔で微笑んだ。

「もし本当に母が諜報員だったとしても、僕がその跡を継ぐなどありえない話です。僕にとっての母も、母にとっての僕も、忌むべき存在でしかありませんでしたから」

そして、胸の前で腕組みをするようにしてそれぞれもう一方の手首を握る。

「先日、あなたがご覧になった僕の手首の傷は、母が僕を道連れにしようとした痕です」

「道連れ……？」

「身を投げたのですよ、僕が十の頃。そのとき摑まれてできた爪痕です。意外にも深く食い込んだようで、十五年経った今でも消えず……」

さらりと告げられた言葉に、ノエは絶句した。

身投げ。それだけで充分衝撃的なのに、摑まれたなんて殺されかけたと言っているようなものだ。ああ、だが、確かに生き物の爪で引っ搔かれたような痕に見えた。

そして、納得できた気がした。

彼は母親に生きることを否定されたのだ。生きる価値がないなどと、己を卑下するのも無理はない。

「そんな僕が、母の遺志を継いで諜報活動をすると思われますか？」

「……いいえ」

「でしょう。それなのに僕は社交界であちこちのご令嬢に声をかけ、誘惑し、彼女たちを籠絡《ろうらく》して国内の情報を得ては、陸続きの敵国にそれを流しているのだそうです」

それは、麗しい容姿を持つ彼だからこそ立つ噂なのかもしれなかった。

「社交界のご令嬢たちは、よほどお暇なうえに見栄《みえ》を張るのがお好きなのでしょう。僕と関係を持ったなどと、堂々と嘯《うそぶ》く。トロフィーを勝ち得たかのように、自慢げに嘘を言っては『嘘を本当にしましょう』などと白々しい言葉で誘惑してくる」

「そんなことが……」

「イザベラ嬢もマリエンヌ嬢も、カミーユ姫も、全員嘘を言っているだけです。そしてそれを耳にした男たちは、僕がそうやって諜報員として情報を得ているのだなどと、黒い噂を広めて女性たちを警戒させようとする。真相はそんなところです」

ありえない話ではないのだが、そこまで人の心にどろどろしたものがあるとノエは思いたくなかった。しかし極め付きのように彼は言う。

「僕は潔白です。過去については証明しようがありませんが、少なくとも、あなたに出逢ってからの僕に、他の令嬢を誘っている暇などありませんでしたよ。それは、側にいたあなたが一番よくご存じのはずです」

言われて、ノエははっとした。

考えてみればオルディスはずっとノエの側にいた。踊るときも、物陰にいるときも、それこそ会がお開きになるまでノエの視界から消えなかった。だから姉たちにも、絶えず一緒にいただろうと詰め寄られたのだ。

他の令嬢に色目を使うことも、ましてや誘っている様子もなかった。それに――。

少し考えればわかったはずだ。

諜報員の疑いがあるのに、オルディスは粛清されていない。リーヴィエがオルディスを放置していることこそ、彼に罪がない証拠なのだ。

「ああ、その驚いた顔。すると、やはり僕は信じていただけていなかったわけですか」

図星を突かれて、咄嗟には返答できなかった。

疑いたくないと、最初は思っていたはずだ。彼はそんなに不誠実な人ではないと思っていた。それなのに、どうして、いつの間に疑ってしまっていたのだろう。

「ご、……」

ごめんなさい、と頭を下げるつもりだった。

だが、目の前に翳《かざ》された手がノエの謝罪を遮《さえぎ》った。

「謝ることはありません」

「でも」

誰の悪意も疑いたくないと宣言しておきながら、勘ぐりかけた。申し訳ないと同時に、自分が情けない。それなのにオルディスは、優しい声で言う。

「いいんですよ、本気で疑いたいと思ったなら、疑ってくださって。あなたが納得できるように考えた結果でしたら、他の誰が異論を唱えても、僕は必ず賛同します」

「……何を、言って……」

それでは、自ら濡《ぬ》れ衣《ぎぬ》を着るようなものだ。

「申し上げたはずですよ。ノワズティエ嬢、僕はあなたの下僕になりますと。その言葉に嘘はないと、もう一度ここで申し上げておきますね」

ありがたくない下僕宣言をされたというのに、今回ばかりは困ったとは思えなかった。自己嫌悪に陥《おちい》りそうな気持ちを、ふっとすくい上げてもらったような気分だった。

「ありがとうございます……」

小さく頭を下げたら、垂《た》れた前髪をちょんと引っ張られた。

「お礼の言葉などおっしゃらなくとも、僕はすでに満足ですよ」

わずかに愉快そうな声で、オルディスは言う。

「嫉妬《しっと》していただいて悪い気持ちはしませんから」

「し」

「ええ、嫉妬でしょう。自分のものであるはずの下僕が他の女にかしずくのは気に入らないと、つまりあなたには支配欲が湧いてこられたのではないですか」

その理屈は彼に都合のいいように歪曲《わいきょく》しすぎだ。

だが、嫉妬という言葉には素直にどきっとした。

「支配したいと思っていただけたとは、己に何か特別な価値を与えられたようです。やはりあなたは素晴らしい。主人たる天性の才能をお持ちの方です」

「しゅ、主人たる才能って」

「どうか否定なさらないでください。僕を哀れに思うなら、いっそそのおみ足で」

「蹴りませんっ」

だめだ。これではまたいつもと同じように、彼のペースで話が進んでしまう。いつもはよくても、今はよくない。これ以上嫉妬うんぬんについて触れられては、冷静ではいられなくなりそうな気がする。

逃げるつもりでダンスホールに向かおうとすると、

「──オルディス！」

廊下に女性の声が響いた。

ダンスホールの出入口から、豊かな金の巻き髪の令嬢がやってくる。こつこつとヒールを鳴らして、艶《つや》っぽい笑顔でまっすぐにオルディスのもとへ歩み寄る。

「オルディス、こんなところにいたのね。探したわよ」

ノエはドレスの裾を持ち上げ、すぐさま低頭した。誰よりも贅沢《ぜいたく》なドレスに、大粒のダイヤモンドがあしらわれた金のアクセサリー、そして見事な巻き髪の頭を飾る、色とりどりの宝石が施されたティアラ。

噂の末姫、カミーユだ。

この国における王族の地位は絶対だ。たとえ貴族といえど、こちらから声をかけることは許されない。王族から声をかけてもらうまで、挨拶《あいさつ》すらできないのが社交界の決まりだ。

「ね、一緒に踊りましょ。他の人たちの誘いを全部断ってきたのよ」

「恐縮です。しかし僕にはパートナーがおりますので、辞退させていただきたく存じます」

下僕とか主人とか言わなかったのは、ノエの体面を重んじたからに違いない。

「パートナー？　どこにいるの」

そちらに、とオルディスに示されて、ようやくつむじに視線を感じる。姫君の目に留まらないほど、ノエの印象は薄かったのだろう。頭を下げたまま、苦笑してしまう。

「ふうん。わたくしの誘いを断るほど、魅力的な娘なの？」

カミーユの扇の先が、ノエの顎にあてがわれる。

くっと力を込められ、面を上げさせられた。

「……あなた」

目が合って、末姫の小さな眉間に皺が寄った。表れているのは不快感にほかならない。

どうしてこんな目立たない小娘が、と言いたいのだ。

「レコンシオン家のノワズティエ嬢です。末姫さまにとって馴染み深い家柄なのではと」

すかさずオルディスが補うように述べると、カミーユの眉間の皺はぐっと濃くなる。

「冗談だとしても笑えないわよ、オルディス」

ぱんっと扇を畳んで、カミーユは大きな瞳でオルディスを睨《にら》んだ。

「粛清屋の娘に近づくなんて、どういうつもり？」

「どういう、とは」

「あなた、粛清屋に目をつけられているのではなかったの。それなのにその娘をパートナーにするなんて、正気の沙汰《さた》とは思えない」

やはり疑われていたのだとわかって、申し訳なく思う。

もしもノエが粛清屋の娘でなかったら、彼は余計な疑いをかけられずに済んだのだろうか。……いや、そんなふうに考えたらいけない。いけないと、わかっていても、苦しい。

「まさかとは思うけれど、彼女を籠絡して、粛清屋からの責めを逃れようって魂胆《こんたん》ではないでしょうね」

可能なら、訴え出てしまいたかった。

彼はノエを粛清屋の娘として扱ったことはない。ノエから何かを聞き出そうとしたこともなく、いつでも誠実なのだと。

しかし挨拶さえ許されていないノエには、どうすることもできない。

「いいえ、末姫さま。たとえ僕が本当に罪を犯しているとして、そんな手段が可能なほど、王宮の粛清屋は無能ではないでしょう」

「だとしたら、遊び？　本気ではないのよね？」

「何故皆、それを疑うのでしょうね」

そう言って、オルディスはうっすらと口角だけを上げて笑った。綺麗だが、感情を隠した冷たい笑顔だった。

「ノワズティエ嬢は魅力的ですよ。他の女性であれば悲鳴を上げて縋り付いてくるだろう場面で、彼女は勇敢にも僕を庇ってくださった。一度ならず、二度もです」

魅力的という言葉に心臓が跳ねる。

そんなふうに褒《ほ》められたのは生まれて初めてだ。

「聡明で、確固とした信念をお持ちなのも素晴らしい。彼女は自分のなすべきことをしっかりと心得、実行なさっていらっしゃる。見栄ばかり張って、きらびやかなものばかり所有したがる女性たちとは心根の美しさが違います」

まるで女性として高く評価されているようで、胸が熱くなった。

そこまで考えていてくれたなんて、想像もしていなかった。てっきり、ただ下僕になりたいというだけでノエを追い回しているのだと思っていたのに。

「……わたくしに喧嘩《けんか》を売っているの？」

「めっそうもない。名高いカミーユ姫の魅力を理解できない僕が愚かなだけでしょう」

オルディスは深々とした礼を見せたが、カミーユが納得していないことは感じる気配から明らかだった。ぎっ、と奥歯を噛み締める音がする。

――いけない。

そう思ったときには、カミーユの右手がオルディスの頬を狙って振り下ろされるところだった。少しの間のあと、パシッ！　と乾いた音が薄暗い廊下に響く。

「所詮《しょせん》、顔がいいだけの男ね。面白くもなんともない！」

くるりと踵を返すカミーユは、まるでオルディスを見捨てたかのようだ。彼女がダンスホール内に入っていくのを確認してから、すぐにノエはオルディスの顔を覗き込んだ。

「大丈夫ですか、オルディスさま」

「……ええ」

こちらを見た彼は微笑んでいた。一瞬前の貼り付けたような笑みとは違う、優しい顔で。

「どうして避けなかったのですか……」

ハンドバッグからハンカチを出して、ノエはそれをオルディスの頬に当てた。歯に当たったのか、唇の端が切れてうっすらと血が滲《にじ》んでいる。ハンカチを受け取ったものの、彼はノエの問いに答えず、ありがとうございますとだけ言った。

不自然な沈黙に、ノエはもしやと思う。

避けなかったのは、ノエのためなのでは。もし避ければ、末姫の嫉妬心がそのままノエに向くかもしれないから。だからあえて頬を打たれた。……ああ、きっとそうだ。

悟った瞬間、胸に嬉しさが湧き上がってきた。

どうしてだろう。彼に守られているのが、他の誰でもなく自分で嬉しい。シャツや靴を汚させてしまったときには決して湧かなかった感情に、ノエは困惑して俯く。

（どうしよう……）

申し訳ないとも思っているのに、嬉しい気持ちのほうが勝る。これが、下僕に対する支配欲というものだろうか。主人としての自覚が芽生えてしまったのでは……いいえ、違う。

ほんのりと火照った頬に、ノエは両手を当てる。そしてもう一度オルディスを恐る恐る見上げ、目が合って心臓が飛び出しそうになって、またぱっと俯いた。

「申し訳ありません。あなたの持ち物を、汚してしまいましたね」

血の染みがついたハンカチを見つめて、オルディスは言う。

「次に会うときまでに、新しいものを用意しておきます。これが、あなたにとって特別な品でなければよいのですが」

「い、いいえ、暇つぶしにわたしが余り布で作ったものです。持って帰って、今夜中に洗います。そうすれば充分綺麗になりますし、まだまだ使えますから」

いけない、声が震える。どうしてしまったのだろう、わたし。

顔を見る勇気がなくて俯いたままでいると、右手をそっと握られて肩が跳ねた。

「大切なものでないなら、これは僕にくださいませんか」

オルディスは体を屈め、ノエの右手を持ち上げて甲に唇を寄せる。ちゅ、とゆったりした音を立てて口づけられ、体の奥のほうから、たとえようのない熱が湧き上がる。

胸にみるみる迫ってくる、この気持ちはなんだろう。

「あなたのこの可憐なお手を、冷たい水に浸けさせるわけにはいきませんから」

指先をきゅっと握りながら見つめられたら、全身が心臓になったかのように感じた。脈が激しくて、苦しいくらい。いっそ手を引っ込めてしまいたいけれど、できなかった。まだ、許されるなら触れていたかった。

——どうして……どうして、離れたくないなんて思うの……。

ダンスホールから漏れ聞こえる音楽は、ふいに軽やかなメヌエットに変わる。いつも優雅に聞こえるオーケストラのその音色は、不思議と甘く鼓膜に響いて、夜、ノエがベッドに入ってからも耳の奥で淡い余韻を聞かせ続けた。


崖の上の城にノエ宛ての小包が届いたのは、一週間後だった。

差出人はオルディスだ。

淡い桃色のリボンで飾られた包みを開けると、真新しいハンカチが三枚入っていた。レースで作られたものと、花の刺繍《ししゅう》が施されたもの、そして綺麗な桃色に染められたもの。

彼に渡したハンカチの代わりということだろう。

包みに入っていたのは、それだけではなかった。女性もののブラウスが一枚と、そして池のある風景が描かれた版画の絵葉書もだ。

「これ……」

ブラウスの生地は上品な艶からして、例の東洋由来の絹織物に違いない。中肉中背のノエにちょうどいいサイズに仕立てられている。

そして絵葉書は、以前、王宮の庭園で彼と見た池の風景に似ていた。わざわざ似たものを探してくれたに違いない。でも、どうして。

不思議に思いながら裏返してみれば、

『いつか、本物の「ピクチャレスク」を一緒に観に行きましょう』

と流れるような文字で記されていた。

ノエの姿も、ともに過ごした時間も、話した内容も、すべて覚えている。そう言ってもらえたようで、抑えきれないほど胸が震えた。誰かの印象に残るのが難しいと感じていたノエにとって、これほど特別な贈り物はなかった。

「……オルディスさま」

自分で呟いた名前にも、息が詰まってしまいそうな切なさを覚える。逢いたい。逢って、あの透き通った黄緑色の瞳を細めて笑いかけてほしい。

そう思って、ノエは悟るように自覚したのだ。

恋に落ちたことを。


それからの日々は、毎日、毎晩、オルディスのことばかり考えていた。夜会があった日も、なかった日も。枯れ木に雪の花が咲いた日も、窓の外に氷柱《つらら》が下がった日も。

彼が発したおかしな言葉のひとつひとつを思い出してはときどきひとりで笑っていたから、使用人たちに不審そうな目で見られたが、ノエは気にならなかった。

湧き上がってくる感情のすべてが新鮮で、恋ができただけで嬉しかった。想いが届くかどうかなど、まだ想像もしなかった。

そうするうちに木の芽は膨《ふく》らみ始め、寒々しかった海岸の風景は徐々に爽《さわ》やかさを感じられるようになっていき、いよいよ春の入り口――。

「身支度を整えてきなさい。これから王宮だ。陛下から呼び出しがあった」

父リーヴィエが朝食の席でそう言った。

「謁見《えっけん》ですか？　わたしも？」

「おまえも、ではない。おまえが呼び出されているのだ」

「どうしてわたしが」

「とにかく急いで支度をしろ」

ぽんと背中を押される。しゃべっている暇があるなら着替えてこいという意味だ。

――今日は昼食会の予定なんてなかったはずだけれど。

ノエは首を傾げつつも、急ぎ二階の部屋で淡い茶色のドレスに着替える。まとまりにくいウエーブヘアは左耳の上でくるっと結い、ベージュの小さな帽子を斜めに留めた。手首に毛皮の飾りが施されたコートをまとえば、身支度の完成だ。

「では行ってまいります、お父さま」

「ああ。念のため、護衛をつける。謁見の間の前までついていってもらえ」

「護衛……ですか？」

王宮内は安全なはずなのに、やけに厳重だ。どうしたのだろうと疑問には思ったが、尋ねる前に「くれぐれも陛下に失礼のないように」と念を押された。

「はい。重々肝に銘《めい》じます」

レコンシオン邸から歴代王の居城まで、馬車を走らせて二十分。

王宮の広大な庭を移動時間から省けば、十分とかからない場所だ。

ノエたちがこれほど近傍に住まう理由は、四百年前の、レコンシオン家の始まりにある。

絶えず戦火を交えていた陸続きの隣国に、当時の王は愛娘のなかでもっとも美しい姫君を差し出すことにした。国が疲弊したため、人質をもって和解を願い出たのだ。

これに隣国の王子が一目惚れし、ひとまず休戦と相成ったらしい。

しかし結婚式の日、姫がすでに身籠《みご》もっていると判明した。

相手は王宮の騎士で、望まぬ相手に嫁ぐ前にと、たった一度、長年の想いを実らせたときに授かった子らしかった。

当然、隣国の王子は激怒した。

戦火は再びあがり、姫君は戦犯扱いで斬首台送りとなったが、赤子だけは遺された。王も人の子、可愛い初めての孫を処分するなど到底できず、ひっそりと生かされ続けたのだ。

その子が成長し、命の恩人たる王のために始めたのが粛清屋だった。

王のもとにいつでも駆けつけられるよう、そして万が一にでも任務にしくじれば、命をもって詫びようという気持ちで築いたのが崖上の城だ。

当時の決意は、働きを認められレコンシオンの名と身分を与えられてからも変わらない。

「ノワズティエ。突然呼び出してすまなかったな」

それから四百年、王たる男は白髪交じりの髪をきちっと撫でつけ、謁見の間でノエを迎える。

数段上にある金の玉座も、大仰な緋の外套《がいとう》も、絵本の挿絵のようだ。部屋の壁伝いにずらりと並んだ甲冑姿の衛兵は、王の強すぎる警戒心の表れにほかならない。

「お目にかかれて光栄です。モントヴェルト陛下におかれましては、ご機嫌麗しゅう」

ノエが膝を折って最敬礼すると「かまわん、顔を上げろ」と気安い声がけがあった。

「私とおまえの仲ではないか。そう硬くなるな」

「は、はい。ありがとうございます」

「それにしても、社交界デビューから見違えたな。清楚《せいそ》で上品になった」

「とんでもありません。お褒めに与かり光栄です、陛下」

ノエが微笑みを返すと「単なる世辞と思っている顔だな」と王は不満げに口髭《くちひげ》を撫でる。

「いえっ！　恐れ多いお言葉と受け止めておりますわ」

「それがつまらんと言っている。おまえは本当に野心がないというか……利口な娘だ」

叱られたのか、褒められたのか。

ノエはすぐに低頭して詫びたが、王は不満げなままだ。

この気難しい統治者の顔を、ノエは幼い頃から何度も見上げてきた。リーヴィエが謁見する際に同行して、あるいは王宮での食事会に招かれた際、お祝い事の席。たとえるなら、もうひとりの父親のように。

しかしいくら記憶を遡《さかのぼ》っても、彼の眼光の鋭さに変化はない。

誰も信用していない目、のようにノエには見える。

「……まあいい」

まだ言い足りなさそうではあったが、王はごほんと咳《せき》払いをして気を取りなおす。

「本日おまえを呼び出したのは、だな。おまえの婿についてだ」

婿。さてはリーヴィエが王に持ちかけたのだろうと、ノエはかあっと頬を赤らめた。

（お父さまってば……！）

主君にまで説教を頼むとは、なんと恐れ多い。

おおかた、父親の言葉には耳を貸さぬが王の命令ならばと考えたに違いない。王とリーヴィエは昵懇《じっこん》の仲、そんな話を持ちかけたとしても無礼千万《ぶれいせんばん》と切り捨てられはしないだろう。が、これでは晒し者だ。

羞恥に震えるノエに、王は「ヴゼットクルエル家の三男を知っているか」と言う。

「え、あ、はいっ。存じております……けれど」

「うむ、まあ、知らぬ者はいなかろうな。あの一族は、麗しさにおいて右に出る者はおらん。競えるのは兄弟くらいのものだが、中でも三男は突出している」

ノエの心臓はばくばくと音を立てていた。

ヴゼットクルエル家――もちろん知っている。

どうして彼の苗字が今、このときに、王の口から出てくるのか。

「オルディス・ヴゼットクルエルを、おまえの婿に推そうと思う」

「……え」

うそでしょう、とノエは豪快《ごうかい》に固まった。

――婿……？　陛下はいま、オルディスさまを婿にとおっしゃった？

信じられるわけがなかった。何がどうなって、どこからそんな話が持ち上がったのか。

「な、何故……でしょう、か」

「オルディスは今年で二十五、そろそろ身を固めるべき年齢だ。そしておまえは十六を迎え兄弟もなく、婿が必要。互いに利害の合致した、正しい組み合わせだと思うが」

王の言うとおり、表面的にはおかしな話ではなかった。家柄は王家の分家としてノエのほうが少し上、オルディスは婿入りすれば公爵家の婿の座が手に入るのだから逆玉の輿《こし》だ。

悪い話ではないのかもしれないが、しかし。

それも事情を知らなければ、の話である。

「ですが、オルディスさまは、その」

「オルディスには隣国の諜報員であるとの疑いあり、よりによって粛清屋の娘が婿にもらうのはいささか問題があると？」

いささかどころではない。おおいに問題がある。伯爵令嬢三人組のみならず、カミーユ姫までもがオルディスに疑念を持っているのだ。このうえ結婚なんてしようものなら、貴族たちからどんな目で見られるか。

ノエは彼と一緒になれるのなら嬉しいが、それで彼に不愉快な思いをさせたくはない。

「おまえだからいいのだよ、レコンシオン家のひとり娘」

しかし王はにこりと笑って、困惑しきったノエの表情を遠目に眺めながら言う。

「オルディスを婿に取り、奴を監視してほしいのだ」

「……監視、とおっしゃいますと」

「結婚すれば、オルディスの生活の場はレコンシオン家に移るだろう。そうすれば、あれは諜報員としての活動が行えなくなる。ひょっとしたら、尻尾を出すかもしれぬ」

それは、王がオルディスの裏切りを確信しているからこそ発せられる言葉だった。となると、このままでは彼が粛清されてしまうかもしれない。

「お、お待ちください。オルディスさまは無実です！」

不敬とわかりながらも、訴えずにはいられなかった。

「彼は陛下を欺くような真似など、絶対にしていません。社交界で噂されているような方ではないんです。実際は誠実で、野心など抱くような性格では」

「ほう？」

「それに、父が粛清していないのがなによりの証拠ではありませんか。もし本当にオルディスさまが諜報員なのであれば、父が粛清しているはずです」

ノエは必死になって訴えたが、王の態度は変わらない。

「リーヴィエはいかん。一度はオルディスに疑いを抱きながらも、私にいかにもな報告書を寄越してそれで終わりにした。ひょっとすると、すでに買収されているのかもしれぬ」

「まさか！　陛下への父の忠誠心は本物です！」

オルディスのみならず父にまで疑いの目を向けられ、ノエの背中を嫌な汗が伝った。

「オルディスには、必ず裏がある」

「いいえ。いいえ——陛下」

「なんだ。無実を証明する証拠でもあるのか？　私を納得させられるだけの材料を持っているなら、見せてみろ」

「そ……れは」

脳裏をよぎるのは、リーヴィエの顔。くれぐれも陛下に失礼のないようにと念を押して送り出してくれた父の顔。それから、社交界デビューの日、手を差し伸べてくれたオルディスの姿だった。

『粛清屋の血すじや家柄のことは一旦脇に置いておいて、です。僕が知りたいのはノワズティエ嬢、あなた自身のことです』

あんなふうに言ってくれた人は初めてだった。下僕を宣言されて面食らいはしたが、ノエにとっては誰より真摯で優しくて、今やかけがえのない人だ。

「……恐れながら」

ぎゅっと両手を握りしめ、半歩前に踏み出す。

「わたしに、時間をくださいませんか」

「時間？」

「オルディスさまが無実であると、わたしに証明させてください。父の力を借りずに、この手で証拠を摑んでみせます。ですから」

目を丸くしたあと、王はすぐに口角を上げた。

「無実の証明？　素人のおまえにそんな無謀なことが可能なのか？」

ノエ自身も、無謀だと思う。

だが、このままではリーヴィエの忠誠心は疑われ、オルディスは社交界で疑惑の目を向けられたうえに一生監視されて生活することになるのだ。到底、看過《かんか》できない。

「鋭意努力します。ですから、お時間をください」

ノエの強い視線を受けて、王はしばし考え、そして頷く。

「わかった。そこまで言うなら、おまえの手でオルディスの無実を証明してみせろ」

「あ、ありがとうございます！」

「期限は……そうだな、三か月としよう。まずはオルディスを婿として迎え入れ、そして無実の証拠を摑むのだ。三か月以内に叶わぬ場合――おまえの手で、オルディスを崖下へ突き落としてもらおうか」

「……え」

予想もしていなかった条件に、ノエは固まる。

この手で彼を崖下に？

「どうした。できないのか？」

「いっ……いいえ、そんなことは」

「ならば引き受けよ。返事は『御意《ぎょい》』だ」

こちらを見下ろす表情は、挑発的だ。

額どころか背中にも汗を感じつつ、ノエはきゅっと下唇を噛んで気を引き締める。ここで怯むのは、王の言い分を認めたも同じ。父とオルディスの裏切りをますます王に確信させるようなもの。

(それだけは絶対にいや)

いざとなれば崖から飛び降りろと、幼い頃から言い聞かせられてきた。この身には、きちんと粛清屋の精神が根づいているはずだ。

――この手で、お父さまとオルディスさまの身の潔白を証明してみせる。

決意して、ノエはドレス姿のまま床に片膝をつき、騎士のように深々とこうべを垂れた。

「御意」

鏡のように磨《みが》かれた大理石からは、ひんやりとした冷気が立ちのぼっているようだった。

2. 新婚初夜は危険な香り

迎えた、結婚式当日――。

ノエは母の形見のウェディングドレスに身を包み、チャペルに敷かれた赤絨毯《じゅうたん》の上を行く。栗色の髪は雛菊《ひなぎく》を編み込み緩く結い垂らされ、一歩進むたびに雲のようなヴェールとともに揺れる。

来賓席《らいひんせき》でノエを迎えたのは、姉代わりの令嬢三人とリーヴィエ、そしてオルディスの父親だった。初めて顔を合わせるが、オルディスよりずっと色白で渋《しぶ》みのある紳士だ。

姿がないのはオルディスの兄ふたり。彼らは父親の代わりにヴゼットクルエル家の領地と国境を護っているため、後日顔合わせをする予定になっている。

視線を上げれば、聖母の像の前に白い盛装姿のオルディスが見えた。軽く撫でつけた銀の髪に日焼けした色の肌、黄みの強い黄緑色の瞳が冴え冴えと映《は》える。

（……オルディスさま）

視線が重なり、途端に鼓動が駆け出した。

彼と結婚できる日が来るなんて、思ってもみなかった。片想いでも充分幸せだったから、気持ちを伝えるつもりもまだなかった。それなのに、今日から夫婦だなんて。

ノエがヴェール越しに照れ笑いをすると、ぼうっと見つめられたあと、突然そっぽを向かれた。我に返ったように、はっとした顔で。気の所為かとも思ったのだが、その後、挙式の間じゅうオルディスはノエを見なかった。

——もしかして、わたしとの結婚、不本意だった……？

今さらながら不安になる。

下僕になる気はあっても、夫になる気はなかった？　それなのに、王からの命とあって断れなかったとか。そんな想像が浮かんだら、途端に泣きそうになった。

無実を証明すると勝手に意気込んでしまったが、彼を想えばこそ、断るべきだったのではないだろうか。王と旧知の仲であるリーヴィエに頼めば、縁談自体をなかったことにしてもらうという手もあったかもしれないのに。

ノエの想像を裏づけるように、オルディスは挙式を終えてからも、ふたりで崖上の城に戻ってからもノエと目を合わせず、口数も少なかった。

「あ、あの、困っちゃいますよね、突然、結婚なんて」

彼のために用意された部屋でふたりきりになると、ノエはたまらず口を開いた。

「よりによって社交界で一番目立つオルディスさまと、一番目立たないわたしですもの。

納得いかないと思っていらっしゃるご令嬢が大多数に違いないです」

黙っていたら間が持たなくなりそうで、必死になって頭を働かせた。本当は、こんなに言い訳じみたことなんて言いたくはなかった。だが、目も合わないうえに沈黙されたままでは苦しくて、いてもたってもいられなかった。

「あ、でも、父は諸手《もろて》を挙げて喜んでいるんです。ずっとわたしが婿を取れるのか心配していたから、安心したみたいで……とはいえ、今夜は帰ってこないとか、本当、いくら伝統といっても無用の気遣いですよね」

リーヴィエは、明日の昼まで帰らない。

新郎新婦の家族が新婚初夜に家を留守にし、一晩中親しい人たちに酒を振る舞うのはこの国の伝統のひとつ。そうして新婚夫婦に初夜を静かに過ごさせてやろうという気遣いなのだが、今のノエにとっては重圧でしかない。

「部屋、すぐに暖めますね。あ、あの、鬼のいぬ間にワインでも飲んでのんびりしましょう。オルディスさまはソファでくつろいでいてください」

暖炉《だんろ》に火を入れようとすると、オルディスがすかさずやってきて無言でその役割を果たした。薪《まき》をくべて火加減を調節する手つきには、無駄がない。

「……手慣れていらっしゃるんですね」

「慣れているうちに入りませんよ」

そうして、また黙ってしまった。

火だけがぱちぱちと饒舌《じょうぜつ》に爆《は》ぜる中、部屋には気まずい沈黙が降りてくる。火かき棒を操る彼の背中には、これ以上話しかけるなとでも書いてあるようだ。

もう、自分の部屋に戻ってしまおうか。そう考えて、下唇を噛む。

新婚初夜に何が行われるのか、色恋に疎《うと》いノエでも知っている。こんな雰囲気では成り立たないということも、想像がつく。

だが、足が動かなかった。

もしも何事もなく明日の朝を迎えたら……どんなに苦しいだろう。それは、せっかく夫婦になったのに女として見られていないという証だ。それだけは嫌だ。

「あの……っ」

ノエは思い切って、頑《かたく》なな背中に声をかける。

「オルディスさまは、わ……わたしとの結婚、ご迷惑でしたか」

「……どうしてそんなことをおっしゃるのです」

「だって、少しもこちらを向いてくださらないから」

それでもオルディスは振り返らない。焦燥感《しょうそうかん》が、じりっと胸を焦がす。

「わたしは、嬉しかったんです。オルディスさまと結婚できることになって」

この部屋を整えたのはノエだ。

結婚が決まり、リーヴィエが快く母の部屋を空けてくれたから、自らの手で少しずつ掃除をし、書棚を空にし、家具も寝具も新調した。そしてオルディスの瞳の色に合いそうなモスグリーンの布を一針ずつ縫って、カーテンも作った。

「最初は、まさかと思いました。陛下がオルディスさまを婿にとおっしゃったとき。わたしは父にいくら小言を言われても、結婚なんてまだ縁がないと思っていましたから……いいえ」

案の定うまい話には裏があったわけだが、それでも。

「名前が挙がったのが、オルディスさまだったから。だからわたし、嬉しくて。ずっと今日を迎えるのが、楽しみで」

あなたにはそうではなかったの？　顔も見たくないほど、不服だった？

尋ねようとした声が詰まる。いよいよ泣きそうだ。

無実を証明したいと思った気持ちに嘘はないが、ここまですげなくされるとあんなふうに勝手に意気込むべきではなかったと後悔してしまう。

するとオルディスはようやくゆるりと振り返った。

「嬉しい、ですか？　こんな僕との結婚が？」

卑下するというより、何故だか自嘲《じちょう》しているような表情だった。

「足蹴にしてほしいと願う僕ですらぞんざいに扱わない、慈悲深いあなたのことです。僕を哀れに思って、そうおっしゃってくださっているのでしょう」

「とんでもないです！」

「心配なさらなくても、僕は充分ありがたいと思っていますよ。これでいつでも足蹴にしていただけますし、顎《あご》で使っていただけます」

「そんな、わたしはオルディスさまを」

特別に思っている。だから夫として大切にしたいと伝えるつもりだった。だが、

「どうか、これ以上僕をいい気にさせないでください」

いつになく弱った口調で遮られた。

「僕は、あなたを敬っていたいのです。ずっと、この腕から、僕を道連れにしようとする母の手の生温かさを消せませんでした。十五年間、ただの一度もです。それを、あなたは消してくださいました」

「え……」

「今、僕の腕にあるのは、あなたに突き放された感覚だけです。池に落ちながらも、僕を庇うために」

初耳だった。突然かしずかれて何事かと思っていたが、きっかけは……ノエがオルディスを庇ったから、というより、庇おうとして突き放したから、だったのか。

「ですが、わたしは……わたしは、オルディスさまを下僕として見たことは一度もありません」

「それでもどうか、下僕として扱ってください。それがあなたのためなのです」

「い、いやです。だって」

「そういうところが慈悲深いと申し上げているのですよ、僕は」

そうしてオルディスは再び背を向ける。

　このまま怯んではいけないと、直感的にノエは思った。たった一度しかない特別なこの一夜を逃したら、きっと二度と機会は巡ってこない。

「……陛下の命だから、断れない結婚だったというのはわかります。でも、結果的には夫婦になったのです。それは事実です。ならばせめて夫婦であろうとすることに、少しでも心を傾けていただけませんか」

　無実を証明するためにも、夫婦の間に垣根《かきね》はないほうがいい。

　オルディスのすぐ後ろに膝をつき、手を伸ばす。迷ったものの、勇気を振り絞って左肩を摑む。ゆっくりと、こちらを振り向かせる。すると、

「心を傾ける？」

　ふっと口角だけを上げて言われた。

「僕は今、精一杯それとは正反対の方向に心を傾けている最中なのですよ」

　黄緑色の瞳には、暖炉の炎が映り込んでいる。熱したガラスのように、とろりと熱い色。一瞬見惚れると、腰に長い腕が回ってくる。そっと持ち上げられたかと思うと、毛足の長い絨毯に、お尻をつけて座らされる。次に右足を持ち上げられると、踵の高い靴を脱がされ、甲に唇を寄せられた。

「……っ」

「いっそ蹴り倒してくださいませんか。分不相応《ぶんふそうおう》だ、と」

足首に頬ずりをされ、こそばゆさにノエの肩は跳ねる。

「僕は下僕でいるべきなのです。あなたの純粋さを、汚したくはないのです」

親指をチロリと舐められ、驚きのあまり全身がこわばった。

「な、なにを……っ、そんなところ、汚いです、から」

「綺麗ですよ。あなたは頭のてっぺんから足の先、精神に至るまですべてが綺麗です」

生温かい舌は、次に人差し指を捉えた。

中指、薬指、小指——順に舐めながらノエを見上げる視線は、これでも振り払わないのかと言いたげだ。そうとわかったから、ノエは震えながらもなすがままになっていた。

「僕はただかしずいているべきなのです。おわかりでしょう。拒絶なさってください。さあ早く」

嫌だ。絶対に引きたくない。ノエはかぶりを振って、腰のリボンに手をかけた。

指先が震えている。だが、できうる限り毅然《きぜん》と背すじを伸ばす。そして言った。

「……オルディスさまが、そのつもりなら」

本当は、夫婦として対等になりたい。

だから、彼を下僕として扱いたくもない。

だがどんなに感情で訴えたところで、オルディスは態度を翻《ひるがえ》さないだろう。彼のほうが弁《べん》も立つし、なにより問題の本質が根深い。それでも諦めようなどとは少しも思えないのなら、最後の手に打って出るよりほかなかった。

「主人としての振る舞いを求められているなら、いいわ。下僕であるあなたに命じます」

しゅっ、とリボンをほどく。襟もとが緩み、肩があらわになる。こうするしかないのだと胸の中だけで唱えて、羞恥に耐える。

「わたしをあなたのものにして。夫婦になった者たちが、初めての夜に当然経験することを……わたしにきちんと経験させて」

「興味本位でしてみるものではありませんよ」

「く、口答えしないで。わたしは命じているのよ」

こちらを仰ぐ視線を、強い瞳で押し返すように見つめる。夫になった人に口答えするなんて、こんな大それた発言が自分にできるとは思ってもみなかった。

でも、今だけは引けない。

すると、彼は厄介そうに息を吐く。銀の前髪を掻き上げ、気怠《けだる》げに体を持ち上げる。

「知りませんよ、どうなっても」

そして迷いを振り切るかのように、ローテーブルの上のワインを呷《あお》った。

直後、斜めに重なるふたつの唇――。

「ン、ぅ……っ」

ノエにとっては、初めてのキスだ。

唇と唇が触れる不確かな感触に、本能が一瞬で囚われる。人の唇がこんなに柔らかいなんて知らなかった。下ろし忘れた瞼が遅れて、とろりと半分だけ落ちる。

「ん……んん……」

「唇を開いて。舌を僕に差し出してください」

「っは……」

素直に差し出した舌には、彼の舌があてがわれる。とろけそうな感触は、ゆるゆると上下して唾液をそこに絡める。

「あ……、はぁ、……っ」

「快さそうですね。もっとじっくりと、いやらしく舐めてさしあげましょう」

口の端からぬるい液が溢れたのを、オルディスは見逃さなかった。つうっと舐めとって、さらに舌と舌を丹念に絡める。

顎までとろけて駄目になりそうな感覚に、何故だか下腹部がじんわりと疼いた。

「足が震えていますよ。やめたほうがよろしいのでは？」

「はっ……ヤ、……だめ、続け、て」

「では、少しだけ嚙ませてください」

「え？　っあ……！」

舌の先を甘嚙みされると、思考回路に霧がかかる。柔らかく食い込んでくる歯先は少しだけ怖いのに、その恐怖にすらぞくぞくと不思議な官能が呼び覚まされてゆく。

うっとりと生暖かい息を吐くと、ドレスの襟もとをさらに大胆にはだけさせられた。コルセットの紐を解かれ、寄せ上げられていた胸がふるっとわずかに震えながらあらわになる。

「あ……」

大きくも小さくもない胸だ。オルディスがこれまで相手にしてきた令嬢たちと比べたら、物足りないに違いない。ノエは咄嗟に両手で胸を庇ったが、すぐさまその手を退かされた。

「夫婦の営みを経験なさりたいのでしょう？」

ならば隠すなと暗に言われて、ノエは羞恥に耐えて体の後ろに両手をつく。はだけた乳房を、震えながら突き出す。

するとオルディスは好ましそうに微笑んでシャツを脱ぎ捨て、ノエの右胸のわずかな丘陵に口づけた。

「ん……っ」

「綺麗ですよ、とても。育てたくなる可愛い胸です」

柔らかさを愉しむように頬ずりをされると、さらりとした前髪が肌を撫でた。

くすぐったさのあまり腰を引いて逃げようとすると、肩を抱いて戻される。右手でオルディスの胸を押し返そうとしても、びくともしない。

「ヤ、くすぐった、い……っ」

「くすぐったい、ですか？　これでも？」

そう言って右胸の先に口づけられると、ノエは腰をびくんっとはね上げていた。

「あぅ……！」

耐えられなかった。

触れられたところから、甘やかな衝動《しょうどう》が波紋のように広がってゆく。自分の体なのに、別の意思に支配されていくかのようで困惑せざるを得ない。

続けて右胸の色づいた部分をひと口にしゃぶられると、あまりの心地よさに背中が反り返った。

「あぁ、はぁっ……オル、ディスさま……っ」

「『さま』はやめましょうか。あなたは主人として、僕に命じたのですから」

「ん、ぅ、……でもっ……」

吸われる感覚が、たまらなくいい。チュクチュクと小刻みにされるのもいいが、大胆に吸い上げられる快感はたちまちノエを虜にした。

「はぁ、っあ……ぁ、っ」

もっと、ずっとこうしていたいと願ってしまう。

自然とオルディスの首に腕を絡めると、応えるようにますます熱心にしゃぶりつかれる。

「んん……ぅ、あ……はぁ、は、あ……っあ」

吸いながら舌で舐め転がされるうちに、ノエの喘《あえ》ぎは熱を孕《はら》んでいった。誰に教わったわけでもないのに、よりいっそうオルディスを惑わせ誘うかのように。

すると、愛撫は輪をかけて丁寧になる。

勃《た》った右の頂《いただき》を執拗《しつよう》に吸われ、転がされ、捏《こ》ねられれば、左の頂までつられて硬くなってきた。

「……ああ、たまりませんね」

そう言って微笑み、オルディスは半勃ちの左の先端を嬉しそうに口に含む。そしてそこをじゅうっと吸いながら、勃った右胸の先を親指の腹でくにくにと弄《いじ》った。

「オルディス……っ、わ、たし」

両胸が熱くて、おかしくなりそうだ。

思わず銀の髪をかき混ぜて訴える。すると、そっと右胸の膨らみを摑まれた。やわやわと、わずかな膨らみを揉《も》まれながら先端を人差し指で弄られる。

「あ、っん、ん、胸……変、なの……っ」

「変、とは？」

「っは、あ、熱くてっ……じんじん、して」

気持ちいい、という素直な気持ちは恥ずかしくて口に出せなかった。

左胸をしゃぶられ、右胸を揉みしだかれながら、ノエは腰をくねらせる。オルディスの指も口も、ノエに快楽を与えるためだけにあるみたいだ。

「あぁ……っ、は……ぁ」

下腹部の痺《しび》れが膨れ上がって、止まらない。どうしてだろう。太ももの内側に触れてほしいなんて、自分でも意味がわからない。

湧き上がる衝動に震えながら、ノエはオルディスの首にしがみついて続きを乞《こ》う。

するとふいに右胸を弄っていた手が離れた。脇腹を指先でくすぐりながら腰、太ももを下り、膝でドレスの裾をたくし上げる。

「……ッ、あ」

もしかして、期待していた場所を撫でてもらえるのでは……と、予想したとおりオルディスの右手はノエの右の太ももの上を滑った。

（くすぐったい……っ）

こそばゆさに耐えきれず肩を揺らしたら、その手はさらに敏感な内腿《うちもも》を撫でる。そしてあろうことか、直後にノエの脚の付け根を捉えた。

「え、っ」

自分でも必要以上に触れたことのない場所に触れられ、驚いて目を見開く。すると、左胸の先をくわえたままのオルディスと目が合って、チュ、とそれをしゃぶられた。

同時に、彼の指先は下着の布越しにノエの割れ目をなぞって――。

「ひぁ、あ……！」

まるで、稲妻のようだった。

胸の先の快感と、脚の付け根の快感が呼びあうように体内で響く。脚の付け根は胸の先を十倍にしても足りないほどの敏感さで、ともすれば転げ落ちてしまいそうに危うい。

「ヤ、っ……や……待って……！」

こすっ、と割れ目を続けて擦られて、ノエは慌ててかぶりを振る。

しかしオルディスの指は割れ目から離れず、左胸の先も解放してもらえそうになかった。爪の先でゆっくりと布越しに割れ目を撫でられ、同じペースで左胸の先をしゃぶられる。

「アぁっ、いや、ァあッ……あ、あ、怖い……ぃっ」

まるで波紋だ。胸の快感と割れ目の快感、双方から広がる波紋が重なると、そこに一瞬大きな角が立つ。それが体のあちこちで新たな悦を生む。

「自慰すらご存じないことが、よくわかる反応ですね」

爪の先で過敏な場所を弾かれ「イヤぁ！」ノエは思わずのけぞった。

「だめぇ、だめ、それは、ほんとうに、怖いの……っやめ、てぇ」

「もっと力を抜いて、楽にしてください。痛いわけではないのでしょう？」

痛くはない。それはわかっている。ノエが怖いのは、痛みのようにはっきりそれと認識できる感覚ではなかった。

体の奥のほうからせり上がってきて、今にもほとばしりそうな得体の知れない何か。これを己に許してもいいのか、許す姿を彼にさらけ出していいのか、判断がつかなかった。

「ん、ぅ……っ」

無言のまま首を左右に振ると、左右の胸の先にちゅちゅっと一度ずつ口づけられる。そしてオルディスは突然、ノエを横抱きにして担ぎ上げた。

「きゃ、な、なにを」

「僕としたことが、あなたが安心できる環境を作るのを忘れていました。いけませんね、いつになく余裕がなくて」

連れて行かれたのは、ひとり掛けのソファの上だ。

浅く腰掛けさせられたと思ったら、彼が前から覆いかぶさってくる。背もたれに肩から上を預けた状態で、オルディスに見下ろされる。暖炉の明るさを背に、その表情は影になっていてよく見えない。

「これでいかがですか」

間近で問われて、ノエははっとした。

左右の肘置きにはオルディスの腕。正面にはほどよく筋肉質な体。座面に沈んだノエの体は、彼とソファに狭く閉じ込められていたのだ。

「まだ、もっと狭いほうがよろしいですか？」

どうしてノエが狭い場所に安心感を覚えることを知っているのだろう。

思えば、夜会のときもそうだった。オルディスは壁際にノエを置いて話をしてくれた。ダンスをするときも、隅のほうで目立たないようにしてくれた。

口に出さなくても、彼はいつもノエの気持ちを汲んでくれていた。これほど誠実な彼だからこそ、ノエは恋に落ちたのだ。

「大丈夫……です」

己に言い聞かせるように言った。大丈夫。だって、一線を越えたいと願ったのはノエだ。

「そう。そのまま僕に身をゆだねていていただけますか。絶対に傷つけないと誓います」

ノエが頷くのを待って割れ目にあてがい直された指は、かすかに触れているとわかる程度の優しさだった。

「ッ、ん」

また、あの峻烈《しゅんれつ》な快感に襲われる。ノエは覚悟して息を詰めたが、指は先ほどのように割れ目を露骨《ろこつ》に撫ではしなかった。

布越しに指をあてがった状態で、かすかに揺らされる。擦られるよりもっとずっと穏やかな刺激が、花弁の内側にゆるゆるとたゆたってゆく。

「ん……ん、んぅ」

思いやるような愛撫は、ノエの緊張をみるみる解かした。

わずかな疼きにはあっと息を吐くと、狭い空間にはもったりとした熱が生まれる。

「んん……っ、は、ぁ……っ」

この安心感は、この狭さに対して感じているものだろうか。それとも、彼に対して感じているものだろうか――。

「あなたは、感じかたがとてもお上手でいらっしゃいますね」

「っふ……ほ、んとう……？」

「ええ。僕に身をゆだねようと、きちんと気持ちを傾けてくださっているのがわかります」

愛撫やキス以上にオルディスの言葉は甘く優しくて、ノエは慈しむような愛撫を受けながら泣いてしまいそうだった。彼のほうから触れたいと思って触れてもらえていたら、心から幸せと言えただろうに。

「少し、捏ねますよ」

大きな掌が、花弁を柔らかく揉み始める。ただ揺らされていたときよりわずかに増した快感が、下腹部に痺れとなって溜まっていく。

「っ……はぁ……ア、ん……っは……ぁ」

花弁だけをそっと前後して撫でられると、ノエが感じたのは腰から下が溶け出すような極上の愉悦《ゆえつ》だった。

「もう、怖くは……ありませんか」

「……ん、っはい」

はあっと長く息を吐くと、はだけた胸がかすかに揺れる。先端は濃く色づき、つんと天井を向いている。それを間近に見てオルディスは喉を鳴らしたが、触れはしなかった。これ以上刺激を増やしては、ノエが動揺すると考えたに違いない。

たまらなくなって、彼の首にぎゅっと抱きつく。

「オル……ディス……っ」

「もっと優しく触れるべきでしたか」

「……っ、もっと、触ってください。大丈夫ですから……」

左耳に乞うと、本当に大丈夫なのかと問いたげな間があった。だが、ノエは本当に触ってほしかった。オルディスが触れたいと思ってくれているなら、そのとおりにしてほしいと思ったのだ。

するると、そっと右胸を摑まれた。膨らみを寄せ上げるように、やんわりと揉まれる。

「はふ……っぁ……」

少ししてから、脚の付け根の指もまた動き始めた。やわやわと揉むように、そして花弁を丸く撫でるように。

「……ん、はぁっ……は……気持ち、いい」

素直に伝えると、オルディスは安堵したらしい。わずかに口角を上げ、そしてノエの右胸の膨らみに舌を這わせた。

緩く揉まれる左胸、丘陵を舐められる右胸、そして優しく撫でられる脚の付け根。いずれも飛び上がるような快感はないが、じわじわと惑わせるようにノエから理性を奪い去ってゆく。

「あ、はぁ……っはぁ……ァ」

やがて、気づいたのは下着の冷たさだ。

触れられているところが、ほんのりと冷たい。理由はわからないがひんやりして、このままではオルディスの愛撫に集中できない。

「っ……あ、の」

異質な温度にかすかに震えながら、ノエはオルディスを見つめる。

「あの、下着を」

「え？」

「脱いでも、いいですか……？」

深い意味はなかった。ただこの冷たさを取り除きたい、それだけだった。だがノエが言い終わるや否や、オルディスは我慢ならないといったふうに唇を斜めに重ねてくる。

彼の舌をねっとりと口に含まされ、口内を舐めまわされながら下着を剝ぎ取られると、足の付け根で糸の引くような気配がした。

「んむ……っ」

濡れている？　どうして？

戸惑うノエの脚を開かせ、オルディスははあっと大きくキスの息継ぎをする。そして再び口づけながら、骨ばった指でノエの花唇を左右にぱくりと割った。

「んえ、っ……っんん、んー」

そんな場所、他人に開かれていいわけがない。外側はまだいいとして、内側は。

しかしオルディスは下着を脱ぎたいとノエから言われたことで、すでに了承を得ていると思ったようで、指先を右の花弁に滑らせる。粘度のある液がその指に絡むと、ノエは縮み上がらずにはいられなかった。

「っふ、んんぅ……っ、待って……っ」

キスから逃れ、慌てて腰を引いたが無駄だった。

すぐさまお尻の下に左手を入れられ、動けないように固定されてしまったからだ。

「お、オルディス」

「あなたは、内側まで純粋な桃色一色なのですね」

そう言いながら、オルディスは体を下にずらしてノエの太ももの間を覗き込む。

「やぁ……アっ、顔、そんなに近づけない、で」

花弁を左右に開いたまま顔を近づけられると、心臓が止まってしまいそうになった。

お願い、見ないで。そう言いたいのに、ぬるぬると左右の花弁を撫でられると言葉にならない。

「あ、あっ」

恥ずかしい。くすぐったい。それなのに、どうしてだろう。

やめてほしいと思えないなんて——。

「可愛い粒が、触れていないのに勃ってきましたよ。本当に、健気な体をお持ちです」

微笑んだ唇は、左胸に降りてくる。丘陵ではなく、今度は頂に直接。

「っあぁ……！」

じゅくっ、と吸われると、脚の付け根に集中していた神経が一斉に振り向くようだった。

頬張られたのは先端だけなのに、乳房全体が彼の口の中でねぶられているように感じる。

ずっと、膨らみを揉まれていた所為かもしれない。

するとじわりと花弁の中が焦れったくなる。

「あ、あ、オルディス……っ、わたし」

刺激が欲しい。下着越しに割れ目の隙間を撫でられたときのような、峻烈な愉悦が。あれほど怖かったのに、どうしてだろう。あの怖さを求めてしまうなんて。

「オ……ルディス、ぁ……っもぅ、っ……」

胸の先と花弁への愛撫に、ノエは身悶えて訴える。

「もう、わたしを、おかしくしてぇっ……」

乞わずにはいられなかった。

体の奥からせり上がってくる、得体の知れない衝動。そこにいっそ飛び込みたい。

すると、花弁に触れていた指がおもむろに前に滑る。承知していたかのように、クッとそこにある何かを弾く。直後、例の稲妻のような悦が背すじを駆けのぼり、ノエの体を弓なりにしならせた。

「ンぁあっ……！」

怖い。でも、もっと欲しい。

ノエの渇望を見抜いたのか、オルディスはそこを指の腹で優しく撫でまわす。円を描くように、柔らかく潰すように。痺れるような快感が次々に駆けのぼると、内側から生温かい蜜が溢れてソファに伝うのがわかった。だが、止められなかった。

「はァっ……ア、んんっ……それ、もっと……っ」

「ノワズティエ嬢……」

「もっと、もっと弄って……ぇ、え」

腰が跳ねると、小ぶりの乳房が小さく揺れる。その先端を追い、たまらないと言いたげに彼がしゃぶりつくさまは淫靡《いんび》そのものだ。

「ああ、あなたの胸の先は、果実のように甘い」

「ツア、ぁ……！」

「もっと頬張らせてください。もっと」

敏感な場所をいくつもいっぺんに責め立てられ、むしゃぶりつかれて、うぶな体と精神がそう長く耐えられるはずはなかった。

「ッは、はぁっ、は……ぁ、あんん……んっ」

オルディスの肩から背中にしがみつき、ノエは危うい衝動に揺れる。

振り落とされそう。いや、溢れそうだ。体の内側に溜まったものが、いっぺんに。

（なに……これ……っ）

そわそわする。怖いのに、期待している。

すると、ノエの期待に応えるかのように、オルディスの指はより激しくノエの女芯を捏ねた。硬く起ち上がったそこを指の腹で擦られ、つままれ、転がされ、そしてしごかれる。

「あぁ、あ、な……にか、きて……っ」

ああ、溢れる。逆らえない衝動に、ノエはぎゅっと瞼を閉じる。

すると、追い討ちをかけるように右胸の先端をしゃぶられ、きゅっと甘嚙みされて……。

「あ、あ、あ」

もうだめ。だめ――。

「く、る……きてるの、っ、あ、あ、あああっ……!!」

びくん、びくん、と腰が大きくはね上がった。ノエにはもはや、制御できなかった。

内壁は強く締まったあと小刻みにひくつき、甘すぎる悦を広げていく。びくん、びくん、と腰を揺らしながら、感じることしかできない。

(わたし、どうなってしまったの……?)

とにかく、ひたすらに甘い。

ソファに当たる背中も、吸い込む息も、彼の肌の感触も。甘くて、心地よくて――意識まで溶けてしまいそう。

「ひぁっ、あ……!」

しかし、とろんと目を閉じたところで再び花弁に生温かいものが割り込んできた。

見れば、オルディスが脚の付け根に顔を埋めて割れ目を舐めている。

「や、やめ……てっ、だめ、ぇ」

そんなところ綺麗ではない。どうして綺麗ではない場所ばかり、躊躇なく口に含むのか。

ノエは四肢をばたつかせて抵抗したが、達したばかりの体は力がまったく入らなかった。

だめ、また、おかしくなる。

「お願……っ、オルディス……!」

思わず膝を引き寄せたら、右すねがオルディスの側頭部に当たってしまった。

ペリドットの瞳がぱっと見開かれ、ノエを見る。その放心した表情を前に、ノエは荒く呼吸しながら我に返った。

「……あ、ご、ごめんなさい、痛かったですよね」

「いえ、とてもいいです」

「え？」

「まさか、性的興奮まで煽《あお》られるとは思ってもみませんでした。……このような趣味、僕にはないはずでしたのに」

オルディスは火がついたように覆いかぶさってくる。

「もっと蹴ってみていただけますか。頬を叩いてくださるのでもかまいません」

すると脚の付け根、溢れるほど濡れた花弁の上に重みのあるものがのせられた。

戸惑わずにはいられなかった。それが何か、まったく知識がないわけではない。でも、人の体の一部がこんなに硬くなるなんて。

どうすればいいの。

うろたえるノエの花弁の上で、彼のものはますます重く反り返っていく。

「え、あ、オルディス……っ」

割に筋肉質な胸をトンと叩くと、右手を摑んで彼の頬へ持っていかれる。

「こちらですよ。さあ、容赦なく打ってください」

「ん、っヤ、そんなこと、できないっ」

振り払った右手は、意図せずオルディスの鼻先を掠めた。しまったと思ったときには遅かった。秀麗な顔は恍惚とし、雄のものはかすかにひくつく。

「……ああ、ありがとうございます。どうしてあなたは、こんなに的確に僕の感情を煽るのでしょうね。汚したくないと、本気で願っていたのに……」

はあっと息を吐いたオルディスは、腰をわずかに引く。

「あなたの望みも、叶えてさしあげないわけにはいきませんね」

「っ……」

いきり立ったそれの先端が、ぐっと割れ目に押し当てられる。割れ目を割って、蜜を前後に塗り広げる。

蜜口に狙いを定められ、痛みを予想して体をこわばらせると、肩を掌で撫でられた。大丈夫だから力を抜いて、というふうに。

ぞくっとして身をよじった途端、オルディスの腰がすかさず進む。狭い蜜口を割られると、全身を引き裂かれそうな痛みが駆けのぼる。

「……っ！」

苦しい。息が止まってしまいそう。

覚悟はしていたはずなのに、彼の肩を押し返しそうになる――だめ。ここで嫌がるそぶりを見せたら、彼はきっと体を引いてしまう。

「ふぅ……う、っく……ぅ――……！」

ぎゅっと両手を拳にし、噛んだ唇にノエは片手を押し当ててこらえた。

絶対に、引き返してほしくなかった。この痛みが夫婦になった証なら、余さず受け止めていたかった。相手がほかならぬ、オルディスだからこそ。

「ん、ん」

見上げれば、彼の額に汗が滲んで見えて、胸が震える。

初めての社交界で手を差し伸べられたのは、約半年前。

最初は、人違いだと思った。けれど彼は何もかもを知ったうえで、ノエの手を取ってくれた。どんなに目立たない場所にいても、見つけ出してくれた。ノエが欲しくてたまらなかった言葉を、初めて、的確に、差し出してくれた。

改めてその手を取るように、ノエは両腕を伸ばす。オルディスの首に、しっかりと抱きつく。すると下腹部の圧迫感が強くなり、雄杭は処女の場所をいっぺんに貫いた。

「んあぁ、ぁ……！」

蜜道の奥の奥、子宮口が押し上げられている。蜜道はじんじんと脈を打って痛むが、内側をぴったりと満たされる感覚は幸福以外のなにものでもなかった。

「……っ、ノワズティエ、嬢」

苦悶の表情をしながらも、オルディスはご褒美《ほうび》のようなキスをくれる。舌を差し出してそれに応え、ノエはひと粒涙をこぼした。

想いあって迎えた夜なら、どんなによかっただろう。

ノエが命じなければ感じられなかった体温だと思うと、繋がっているのに遠く感じる。

(好き……)

ゆるゆると揺れ出した視界には、ぼやけた彼の顔が映っていた。霞《かす》んでいても、綺麗だ。ただ外見が綺麗なのではなく、触れたら浄化されそうな、だからもっと触れたいと思わせるような、そんな綺麗さだ。

「オルディス……オルディスっ……」

もっとぴったり満たしてほしくて、危うい快感も与え続けてほしくて、ノエはひたすらオルディスの名を呼んだ。

そのたびに彼のものはより張り詰めて、ノエの内側を擦る。ぐちゅぐちゅと音を立てて、襞を隅々までかき混ぜる。

「ああ……お許し、ください。あなたを、汚すことを」

「んぁっ、あ、あ……!」

「……く、っ……」

オルディスの腰が止まったのは、ノエの意識が朦朧《もうろう》としてきた頃だ。

精を存分に放たれ、これで解放されるかと思いきや、左脚を持ち上げられる。繋がりあったまま、足先に口づけられる。

忠誠を誓うような仕草はまるで懺悔のようにも見えて、ノエは夢うつつながらも己がと

ても尊いものになったような錯覚を感じていた。


翌朝、目を覚ますとノエはベッドの上にいた。

オルディスのためにしつらえた、新しいベッドの上だ。昨夜の記憶は椅子に座ったところで途切れているから、彼がここまで運んでくれたのだろう。しかし彼のためのベッドに、肝心のオルディスの姿はなかった。

「オルディスさま？」

続き部屋の書斎を覗いたが見当たらず、ノエはネグリジェにガウンを羽織って廊下に出る。もしかしたら、水でも飲みに食堂へ行ったのかもしれない。

そうして階下へ向かおうとして、階段の向こうの部屋の扉が少し開いていることに気づく。リーヴィエの部屋だ。宴会が終わって帰ってきたのだろうか。いや、新婚夫婦の家族は初夜の翌昼まで自宅に戻らないのがこの国の慣習のはず。

疑問に思い近づいてみると、室内にはオルディスの姿があった。

彼は壁に並ぶ書棚を眺めたあと、書き物机の上の封筒を手に取る。中身を取り出し、文面を読み、はあっと憂鬱《ゆううつ》そうに息を吐く。

彼がふいに顔を上げたから、ノエはすかさず扉の陰に隠れた。

（何、いまの……）

心臓が、どくどくと脈を打つ。

オルディスが、リーヴィエの書斎を探っている？　これではまるで、諜報員のようではないか。

いや、そんなはずがない。そんなはずが。だって彼は、ノエと永遠を誓った。ベッドの上でも紳士的で、特別大切にしてくれた。

「……大丈夫よ。だって信じているもの」

彼が諜報員だなんて、ありえない。きっと本でも探していたのだろう。この部屋をリーヴィエの書斎とは知らずに、そう、図書室だと勘違いして。

もう一度大丈夫と自分に言い聞かせて、ノエはその場を後にする。そして今見たことは忘れようと決めた。そうだ。疑わしいことは何もないのだから、気に留める必要もない。

一階に下りると、ノエの胸騒ぎを和らげるようにふんわりと、焼きたてのパンの香りが漂っていた。

3. 義兄たちと高貴な猫

結婚式から一週間が過ぎ、すっきり晴れたこの日、ノエはオルディスとともに馬車に揺られていた。目的地は王宮の向こう、城下街にあるヴゼットクルエル家のタウンハウスだ。

今日は、オルディスの兄たちが主催するガーデンパーティーに出席する。招待状が届いたのは昨日で、突然すぎる義兄たちとの初対面に、ノエはおおいに緊張していた。

「おかしくないでしょうか、わたし……」

馬車が目的地に近づくにつれ、不安になってくる。

羽根つきの帽子は派手ではないか、モスグリーンのドレスは主催者たちより目立ちはしないか。その程度でけしからんとノエを退ける義兄たちではないだろうが、愛する人の兄弟であればこそ気に入られたいというのが乙女の心理だ。

しかしオルディスは出発前と同じく「完璧ですよ」と微笑むばかり。

「完璧、というのは」

「ありとあらゆる賛辞を集めても足りないという意味です」

大袈裟すぎる。しかも少しもお世辞を言っているふうでもないから対処に困る。せっかく勇気を出して初夜の営みを経たというのに、オルディスは結婚前と少しも変わらない。

(大切にしてくださっているとは思うのよ)

小さな段差でも越えるときは必ず手を差し伸べてくれるし、いつでもノエが過ごしやすいように部屋の温度に気を遣うことも欠かさない。

だが、ノエはもっと気軽に接しあえる関係を望んでいて、ノワズティエ嬢、という他人行儀な呼び方もそろそろやめてほしかった。

「――オルディス！」

会場であるレンガ造りのタウンハウスの前で馬車を降りると、見計らったかのように、ひとりの男が屋敷の玄関から駆け出てくる。

「久しぶりだな。遠征前に会ったきりだから、ひと月ぶりか？　新妻ちゃんはどこだ？」

オルディスの背後にいたノエは、その言葉を聞いてひょこっと顔を出す。案の定、大きな目をしばたたかせて驚かれる。

「いたのか。悪い、気づかなかった」

「いえ……」

着飾ってきたつもりだったが、まだ地味だったらしい。一体何をまとえば周囲の人たちの目に留まるのか。内心苦笑していると、オルディスが彼を示して言った。

「僕のすぐ上の兄、ヨハンです。僕より三つほど年上の二十八歳で、異母兄弟にあたるのですが」

いけない、挨拶を忘れていた。

すぐさまノエは、優雅を心がけて膝を折る。

「初めまして、ヨハンお義兄さま。このたび縁続きとなりました、レコンシオン家のノワズティエと申します」

「おお、いいな、お義兄さまって響き。こちらこそどうぞよろしく、お嬢さん」

慣れた仕草で右手の甲に口づけられ、ノエはほうっと感嘆のため息を漏らした。

オルディスが涼しげな美貌なら、ヨハンは甘い魅力で華がある。そう思うのは、肩まで伸ばした見事な金の髪の所為だろうか。後頭部に向かって緩くカーブした癖《くせ》が、オルディスとはまた違った意味で色っぽい。

そういえば王も、オルディスの美しさに対抗できるのは兄弟だけだと言っていた。

これは納得だ。が、見惚れている場合ではない。

ノエは今日、彼らへの挨拶のほかに目的があってここにやってきた。それは、オルディスについての話を聞くこと。ひいては、オルディスが無実であるという証拠に繋がる情報を得るためだった。

というのも――。

オルディスが婿入り道具としてレコンシオン家に持ち込んだのは、小さめの木箱が三つと、ひと振りの剣のみ。木箱に収められていたのは衣類や筆記用具、本が何冊かだけで、あっという間に荷ほどきは終わり、彼の荷物の中にめぼしいものは見つけられなかったのだ。

　さっそくヨハンに話しかけようとすると、屋敷の中からもうひとり男がやってくる。

「ミセス・レコンシオン、初めてお目にかかります。クリストフ・ヴゼットクルエルと申します。晴れの門出を当日に祝えず、申し訳ありませんでした」

　短く切り揃えた金の髪に、立ち襟の似合うがっしりとした体格。

　三兄弟のうちでもっとも屈強そうな彼は、軍人のように堂々とした礼を見せる――オルディスの一番上の兄だ。

「ご結婚、おめでとうございます」

「ありがとうございます。わたしこそ、なかなかご挨拶に伺えず……。ノワズティエと申します、クリストフお義兄さま。今後とも、どうぞよろしくお願いいたします」

「こちらこそ。最近まで留守にしていたのは私たちのほうですから、お気になさらず。末弟は、あなたにご迷惑をおかけしてはいませんか？」

「とんでもありません！　わたしのほうがご迷惑をおかけしているのではと、心配になるくらいで……」

　クリストフとヨハンの瞳の青さはよく似ている。雨の日の海のような、深く暗い青色。肌も、ふたり揃ってオルディスよりずっと白い。

外見のよく似た兄たちふたりが決定的に違うのは、立ち居振る舞いだ。華やかで色気のあるヨハンに比べ、クリストフは折り目正しいというか、ややストイックな印象がある。それもそのはず、クリストフは御歳三十にしてヴゼットクルエル家の領地で父親の下につき独自の軍隊を指揮している。ヴゼットクルエル家はその昔、国境を越えて敵国軍が侵攻してきた際、少数の騎馬隊だけで対抗し見事退けた功績を持つ。今でも国境付近の護りを任されているため、彼らはオルディスとノエの結婚式に出席できなかったのだ。

「しっかし驚いたよなぁ」

屋敷内にオルディスとノエを招き入れながら、ヨハンは言う。

「独身の俺たちを差し置いてオルディスが婿入りを決めたこともだけど、社交界でまだ俺が声をかけていないご令嬢がいたとはさ」

歩きながらじろじろと注がれる視線が痛い。

「目立たないタイプだって聞いてたけど、よく見れば楚々《そそ》とした美人じゃん。どこに隠れてたんだ？　見かけたら絶対に声を掛けたのに」

褒め上手は兄弟揃っての特技だろうか。

返答代わりに愛想笑いを浮かべると、ふいに体が左に傾く。オルディスに肩を抱かれ、引き寄せられたのだ。

「え、あ」

人前なのに――。

いや、うっかり廊下の真ん中を歩いていたのかもしれない。義兄たちの前で失礼のないよう、オルディスは気を遣ってくれたのだろう。そう納得してもどぎまぎしてしまって不自然に歩くノエを、オルディスは離さない。普段ならすかさず察して離れるだろうに、見て見ぬふりを決め込んで肩を抱いたままでいる。

（オルディスさま……？）

ちらと左を見上げると、先を歩くクリストフと目が合った。やけに微笑ましそうな顔でこちらを見ていた彼は、ノエの視線に気づいてにこっと微笑んだあと、まるでとてもいいものを目にしたというふうに前を向く。すると急に決まり悪くもなってきて、ますます落ちつかないノエに「ところでさ」と右側からヨハンが言った。

「ノワズティエちゃん、って名前長いよな。ノエちゃんって呼んでもいいか？」

「あ、は――」

はい、と答えようとしてノエは寸前で留まった。

まだオルディスにそう呼ばれていない。夫である彼を差し置いて、別の人にそんなに親しく呼ばれていいものかどうか。

「……あの、それは」

ビーズのバッグを胸の前でぎゅっと握って、勇気を振り絞る。

「も、申し訳ありません。それは……家族だけの、呼び名で」

というのは、もちろん嘘だった。

姉代わりと慕う三人の伯爵令嬢たちも、ノエと呼んでいる。

「ん？　家族だけ？　ってことは、オルディスもそう呼んでんの？」

「ええと」

呼んでほしいとノエは思っているのだけれど。

目を泳がせて返答に困っていると、ヨハンは察したらしい。

「ははぁ、なるほど。そういうことな」

にやにやした次兄の視線は、当然オルディスに向けられる。

ああ、やはり言うべきではなかった――ノエは焦ったが当のオルディスは涼しい顔のまま視線を前方に向けている。少しも意に介さず……というより、もはや他人事だ。

（……オルディスさまは気にならないのかしら）

ノエがオルディス以外の男性に『ノエ』と呼ばれてもいいのだろうか。そうなっても、マイペースにノワズティエ嬢と呼び続ける……？

そこで「ヨハン」と諌《いさ》めたのは長兄のクリストフだった。

「少しは口を慎め、ヨハン。ノワズティエ嬢は恐れ多くも王家と血を分けたレコンシオン公爵家のご令嬢だ。私たちが気安く口をきける相手ではない。わきまえろ」

「なんだよ。俺だって、そのうち公爵家か王家の令嬢に婿入りすれば兄貴より上の身分になるんだぞ。将来、伯爵号を継ぐと決まった兄貴とは違うんだからな」

「そういう考えをなんと言うか、知らないのなら教えてやろう。『取らぬ狸の皮算用』だ」

「兄貴って本当、理屈くさいところが親父にそっくりだよな。まさに跡継ぎって感じ。なあオルディス、兄貴のことは放っておいて、俺にコツを教えてくれよ。公爵令嬢をモノにして、逆玉の輿に乗る方法——」

　そこでオルディスがすっと綺麗な笑みをヨハンに向けて、ノエは息を呑んだ。口もとは笑っているが、細めた目は笑っていない。

　以前、末姫のカミーユと対峙したときに見せた微笑みと同じ。綺麗だが、感情を隠した冷たい笑顔だ。ヨハンの表情も、途端にこわばった。

「わ、悪い。怒るなよ。本気で怖いんだよ、その笑顔」

　そしてノエは察した。

　ヨハンは良く言えばオルディスに垣根なく接する性格で、クリストフは異母弟のオルディスを尊重しつつも一線を引いている。彼らは三人全員が揃ってこそうまくいく、絶妙な兄弟仲なのだろうと。

「あの」

　いいタイミングと察し、ノエは前方を行くクリストフに声を掛ける。

「わたし、きょうだいがいないので羨ましいです。こういう、わいわいした感じ。普段、ご兄弟でどのような話をなさるんですか？　男性だとやはり、政治についてでしょうか」

　すると、途端にヨハンとクリストフが周囲に視線を向けた。ほかに人がいないか確認したように、ノエには見えた。わずかな緊張感を感じ取ったのも一瞬で、すぐにヨハンが

「兄弟なぁ」と緩い口調で応じる。

「男ばっかり三人だぜ。いつでも和気あいあいってわけにはいかないよな」

なんだったのだろう、今のぴりっとした空気。

かまえたノエに、オルディスがにこっと綺麗な笑みを見せる。

「喧嘩の中心にはいつもヨハン兄さんがいましたけどね」

「なんだよ、争いの種を作るのはいつもオルディスだっただろ。俺が目をつけた女の子は決まってオルディス目当てでさ」

「それは僕の所為ではありませんよ。礼儀というものを知らない、ヨハン兄さんの馴れ馴れしすぎる態度が主な原因でしょう」

何故だか、誤魔化されたような気分になる。いや、ノエの質問に彼らはきちんと答えている。ならばこの不自然さはどこからくるものなのか。

「すまないね。いつもこの調子なんだよ」

そこで、クリストフがフォローするように言う。

「あ……、オルディスさまでも兄弟で言い合いとか、なさるんですね。意外です」

「そう？　実際、ヴゼットクルエル家で一番怒らせてはいけないのはオルディスだよ」

「え、ええ？」

「執拗というか、限度を知らないというか、ね。普段冷静そうに振る舞っている反動かもしれない」

「……クリストフ兄さん」

勘弁してくださいとでも言いたげにオルディスは苦笑する。

そこでオルディスとノエの間にヨハンが割って入って「なあなあ、ノエちゃんって呼んじゃえよ」と茶化した。尋ねたいことはまだまだあったのだが、すぐに中庭に到着だ。

ノエは嘆息し、会話の続きを呑み込んだのだった。


料理が並んだいくつものテーブルに、華やかに着飾った人々。王宮で開かれる社交界の集まりでたびたび見かける顔の女性たちは、待ってましたとばかりにノエに群がる。

「ねえ、どのようにしてあのオルディスさまを射止められたの？」

「どんな駆け引きをしたのか、ぜひご教示願いたいわ。まさか、ただじっと大人しく待っていただけではないのでしょう？」

ノエはオルディスが自分と結婚したことで諜報員の疑いが強まってしまうのではないかと心配していたのだが、実際は逆だった。結婚するほど真剣に愛しあっていた、つまりオルディスがノエに近づいたのは粛清屋の娘だからでもなんでもなく、純粋な恋心からだったと受け取られたのだ。嬉しい誤算だった。

「ああ、私もオルディスさまのように素敵な男性から口説かれてみたいわ！」

「本当ね。ノワズティエさま、とってもお綺麗になられましたわ。やはりオルディスさまの愛のお力かしら。羨ましいわ、あんなに素敵な殿方と愛し愛されて結ばれるなんて」

「え、ええと、その」

「ね、愛を囁《ささや》くときのオルディスさまって情熱的なの？　まさか、ずっとあのとおり冷静なわけではないのよね？　どんな言葉で愛を表現なさるのか、知りたいわぁ」

「は、はぁ……」

ノエはひとり、人の輪の中で返答に困ってしまった。

情熱的に愛を囁くどころか、こちらから迫って初夜が成立したなどとどうして明かせるだろう。しかもノエとオルディスの関係は主人と下僕で、夫婦の関係からはほど遠い。愛だなんて、もはや別世界のもののようなのだ。

どうやってこの場を切り抜けよう。頼みの綱のオルディスとははぐれてしまったし、義兄たちがどこにいるのかもわからないから助け船は呼べない。

ノエが思案していると、にゃあ、と高い声が聞こえた。足もとからだ。見下ろせば、ノエのドレスの裾に一匹の猫がすり寄ってきていた。

「どうして中庭に、猫が」

もしかしてこのタウンハウスで飼われている猫だろうか。他の招待客とともにノエが首を傾げていると、オルディスがやってきて驚いたようにしゃがみ込んだ。

「ラック……おまえ、どうしてここに」

しゃがんだまま猫を抱き上げる慣れた仕草を見て、ああ、と納得した。

「オルディスさまの飼い猫でしたか」

「ええ。婿入り先にまで連れて行くわけにはいかないと、実家に置いてきたのですが」

聞けばラックという名のこの雌猫は、ヴゼットクルエル家の居城で飼われており、三兄弟の中で最もオルディスに懐いているのだとか。

「それにしても、変わった柄の猫ですね。白い毛皮に、手足と鼻と耳の先だけココアパウダーをふわっとまぶしたみたい」

ラック、という名前も少々変わっている。雌猫なのだから、もっと可愛らしい名前でもいいだろうに。ミミとか、ルーとか。

そんなことを考えながらノエがオルディスの横にしゃがみ込むと「おう、対面できたか！」とヨハンがワイングラスを手に近づいてくる。

「よかったな、ラック。愛しのオルディスに会えて」

「ヨハン兄さんが彼女をここに？」

「ああ、今日連れてきた。長年一緒にいたおまえが婿に行っちまって、あまりに寂しそうにしてるもんだからさ。連れて行こうって発案したのは兄貴だけどな」

「クリストフ兄さんが……」

「そう。オルディスにもラックが必要だろうって言ってたぜ」

そのクリストフは白ワインを片手に、男性たちと談笑している。さすがは未来の伯爵、社交は弟たちより得意らしい。

「あの、撫でてもいいでしょうか?」

ノエが尋ねると、オルディスはラックの頭を撫でやすいようにこちらに向けてくれた。触れると、人懐っこそうに鼻を掌に押しつけられる。

「わ、可愛い……!」

「ええ、ノワズティエ嬢ほどではありませんが」

さらりと褒められて、ノエはかあっと頬を赤くする。どうしてそんなに恥ずかしい台詞を、人前で顔色も変えずに言えるのだろう。信じられない。

だが幸いにも、他の招待客たちの耳には届いていなかったらしい。皆、わらわらとオルディスを取り囲み、ラックに手を伸ばす。これにラックは驚いたらしく、オルディスの腕から逃れ、植え込みに駆け込んでしまった。

「あ!」

「大丈夫ですよ。すぐに戻ってきます。そう遠くへは行きませんから」

青ざめるノエに、オルディスはすかさずそう言ってくれる。

脇に立っていたヨハンも「そうそう」と同意してワイングラスを傾けた。

「ラックは特別優秀な猫だからな。仕えるべき人間も、護るべき人間も、心得てるんだ」

「……人を護るのですか? 犬でもないのに?」

「猫は夜目が利くだろ。闇夜に紛れて奇襲されかねない、たとえば孤島のように四方八方どこから攻め込まれるかわからない場所では、護衛として重宝されるんだよ。優秀な猫だけをかけ合わせて、ラックの親猫のようなサラブレッドを作ったりもする」

「サラブレッド……馬のようですね。ではラックは、そういう土地からやってきたのですか？　ヴゼットクルエル家で、一緒に国境を護るために」

「いや、ラックの親猫がうちにやってきた理由は――」

ヨハンが言いかけたところで、招待客の男が声を掛けてきた。ノエはオルディスとともに軽い会釈で挨拶をしたが、用があったのはヨハンとオルディスに対してだったらしい。

武具がどうの、剣がどうのとノエには入っていけない会話が始まってしまい、正直、その場には居辛かった。

「ノエ！」

するど、タイミングよく廊下のほうから女の声で呼ばれる。振り返れば、例の伯爵令嬢三人組が駆けてくるところだった。順に抱きつかれ、ごきげんようと口々に言われる。

「こちらこそ、ごきげんよう、お姉さまたち。お会いできて嬉しいです。こんなところでお会いできるなんて、思ってもみませんでした」

「あら。麗しのクリストフさま主催のパーティーとあれば、駆けつけない手はないわ」

「そうよ！」

「クリストフさまといえば騎馬軍を率いる逞《たくま》しくもハンサムな次期伯爵……！　ヨハンさまも麗しいけれど、クリストフさまの雄々しさはこの国随一ですものっ」

三人の目的はクリストフらしい。しかし当のクリストフは、弟たちと同じく男性同士の会話で盛り上がっている。漏れ聞こえてくる小難しい単語からして、政治の話だ。

「それにしても、すっかり出遅れたわね。クリストフさまと言えば女性たちとのおしゃべりより次期伯爵としての社交を重んじる、お声掛けしにくい男性としても有名なのに」

「出がけにとんでもない情報が飛び込んできた所為だわ」

「そうよそうよ」

「……とんでもない情報？」

ノエが問うと、三人はずいっとノエに顔を近づける。そして言った。

「あのね、カミーユさまがご結婚なさるそうなの」

「え」

カミーユと言えば、オルディスの頬を叩いた末姫だ。あれからいい出会いがあったと考えていいのだろうか。それならばおめでたい話のはずなのだが、三人の表情は明るくない。

「それがね、ノエ……」

海の向こうに嫁がれるのよと小声で言われる。

「……他国ということ？」

「ええ。いわゆる政略結婚というやつよ。陸続きの敵国とは国交を断絶しているけれど、海の向こうの島国とは比較的仲も悪くないでしょう。敵国に揺さぶりをかけるためにも、そちらと絆を深めようということらしいのよ」

「だけどカミーユさま、ほかに想い人がいらっしゃるようなの。お父上からついに話がまとまったと聞いて、柄にもなくお部屋に閉じこもってしまったらしくて」

お可哀想、お可哀想にと彼女たちが口々に言う横で、ノエは密かに胸のざわめきを覚えていた。カミーユ姫の想い人……オルディスなのでは。

すると、右端の令嬢が「そういえば」と動きを止める。

「私、以前カミーユさまのお部屋でさっきの猫を見たわ」

「猫……ラックのことですか？」

「ええ、そう、そうよ、ラック。確か、そんな言葉も聞いた気がするわ。そのとき、褐色の肌の男性も一緒にカミーユさまの部屋にいらしたの」

「褐色、ですか」

「あ、でもオルディスさまではないのよ。オルディスさまより、もっと濃い褐色の肌だったわ。海の向こうの島国から使節団がいらしているときだったから、その中のひとりでしょうね。もしかしたらカミーユさまは使節団から猫を贈られたけれど気に入らなくて、オルディスさまに差し上げたのかもしれないわね」

「それ、いつのお話ですか？」

「そうね。あれは去年の暮れ、雪が降っていた頃で……思えば、あの頃からカミーユさまは塞ぎがちでいらしたわ……」

独り言のように呟く令嬢を前に、ノエは考え込む。

——ラックをオルディスさまに差し上げたのがカミーユ姫……？　いいえ、時期的にありえない話だと思うわ。

それというのも、先ほどヨハンはラックの親猫について言及していた。つまり先ほどノエが目にした猫は、最初にヴゼットクルエル家にやってきた猫の子供なのだ。だがラックは成猫だし、去年の暮れ以降に生まれたようには見えない。

すると、オルディスがカミーユの部屋にラックを連れて行ったということになる。カミーユに愛猫を会わせていた……？　ノエには今日まで会わせなかったのに？

さらに勘ぐりそうになって、ノエはふるふるっとかぶりを振る。悪いほうに考えたらいけない。彼は夫であって、ノエがもっとも信用してしかるべき人なのだ。

すると、猫の話を始めた令嬢は気づいた様子で口もとに手を当てた。

「あ、で、でも、結婚前の話よ。今のオルディスさまにはノエだけ。余計な話をしてしまって、ごめんなさいね」

すまなそうな表情を見せられ、ノエはかろうじて頷く。気にしていませんと今までのように答えようとして唇を開いたものの、声にならなかった。

(どうして？　胸がもやもやする。もしかしてわたし……また彼を疑おうとしている？)

自分で自分が信じられない。以前も同様に、彼女たちの言葉に惑わされてオルディスを疑ったことがあったのに。それで後悔したというのに、何をしているのだろう。

しっかりしなければ、と背すじを正すと、人垣の向こうにオルディスを見つける。その瞬間、目が合って、微笑まれて、飛び上がりそうになる。

（……わ、わ）

いつからそこにいたのだろう。まるで、ノエが気づくのをずっと待っていたみたいだ。いや、結婚前の夜会でも、こうしてオルディスが何度もノエを尾行していたというような話なら聞いた覚えがある。

すると、もやついた胸の奥からわずかに自信が湧いてくるのを感じた。

妻として見られてはいないだろうが、大切には想われている。それも、最上級に。だから、大丈夫だ。その事実だけで、ノエは充分幸せを感じられる。

その直後、突如強い風が中庭に吹き込んできた。

「きゃ……っ」

つむじ風かとノエは思ったのだが、そうではなかった。

バサバサッ！　と大きな羽音が直後に迫り、招待客たちはいっせいに高い悲鳴を上げる。彼らの視線の先、ぽっかり開いた空から大きな鷹が舞い降りてきていた。

——どうしてこんな街中に鷹が。

咄嗟に両手で頭を庇おうとすると、力強い腕がノエを引き寄せる。オルディスだ。すかさず駆けつけた彼は広い胸にノエを隠すように抱き締め、近くのテーブルからクロスを引き抜く。そしてその布を広げ、鷹を搦《から》め落とす。

「オルディス！」

ヨハンも腰の剣を抜き加勢しようとしたが、すかさずクリストフが止めた。

「ここは狭すぎる。そんなに長いものを振り回しては、人に当たるぞ！」

そうしている間に、一旦地に落ちたと思った鷹が力強く空に舞い上がる。そして悠々と方向転換をし、再び急降下してきた。

――うそ……！

訳がわからないながらもノエは両目をぎゅっと閉じ、オルディスにしがみつく。鋭い爪がノエに向かって来るように感じて、身がすくんだ。囚われれば、無傷では済まない。

「……そのまま目を閉じていていただけますか」

すると、その刹那だ。

強い風が天から吹き付ける。側の庭木が揺れ、葉がぱさぱさと地面を打つ。そして耳を塞ぐように抱き締め直された直後、ギャッ――と声帯を潰したような悲鳴が聞こえた。

（……怖い……！）

どっと、重いものが近くに落ちる。そこに、オルディスが何かを突き立てる。響く金属音から伝わってくるのは、明らかな殺気だ。

何が起こっているのか、少し考えればわかる。だからノエはきつく瞼を閉じていた。彼の残虐性《ざんぎゃくせい》を目の当たりにするのが、なにより怖かった。

震えながらオルディスの胸にしがみついていると「オルディス」と低くたしなめる声がする。クリストフの声だ。同時に、ノエが感じていた殺気はすうっと消えていった。

「あとを……お願いしてもかまいませんか、クリストフ兄さん」

「ああ、早く行け。後始末なら慣れている」

連れて行かれたのは馬車だ。ヴゼットクルエル家のタウンハウスまでの往路に利用した、レコンシオン家の箱型馬車。御者に「他所へ行っているように」と申し付けたオルディスは、ノエを馬車の客車に運び込んで内鍵をかける。

「お怪我はありませんね？」

床に膝をつき、ノエの体を確認する目は心配そうだ。先ほどまでの荒ぶる彼とは別人のように優しい。だが恐怖はまだ解けず、全身が細かく震えていた。

「だ、大丈夫です。オルディスさまが、護ってくださいましたから」

「ですが、怖かったでしょう」

両手を握られ、指先がすっかり冷え切っていたことに気づく。被っていたはずの帽子もない。騒ぎの最中に落としてしまったのだろう。

「っ……どうして、あんなところに鷹が……」

「深く考えないことです。思い出すことは、恐怖を蘇らせる行為も同然ですから」

「でも」

「あなたは何も考えずともよいのです。僕だけを見て、僕のことだけを考えてください」

チュ、と右手の甲に口づけられ、ノエは瞳を揺らした。

あの鷹。野生の鷹とは思えなかった。体は大きく羽も整えられていて、まるで王族が鷹狩りに使う鷹のようだった。

射るように鋭い眼光、向かってくる尖った爪、そして圧するような羽音――それだけではない。容赦なくその鷹を叩きのめす、オルディスの息づかい。

思い出すと、恐怖がまた蘇ってくる。

「ノワズティエ嬢」

すると、オルディスの手が両肩を包むように触れた。優しく抱き寄せられ、大丈夫ですよと囁かれる。それでも、一瞬体がこわばる。

彼はノエを真っ先に庇ってくれたのに。ノエに危険が及ばぬよう、ノエが怖がらぬよう、最大限配慮して護ってくれたのに、どうして怖いなんて感じてしまうのだろう。

無言のまま、恐る恐るオルディスの肩に額をのせると、背中の真ん中をぽんぽんと優しく叩かれる。そして彼はそれで調子をとりながら、なにやら口ずさみ始めた。

異国めいたメロディーに、耳慣れない言葉の歌詞。他所の国の歌に違いない。聞いたことのない響きだが、柔らかい雰囲気で、不思議と落ち着く。

「……どちらの国の、歌ですか？」

歌い終わったところで尋ねると、耳もとで返される。

「海の向こうの島国の、子守唄だそうです」

「子守唄……」

それで、柔らかい雰囲気だったのか。でも、どうして異国の歌なのだろう。

「もしかして、オルディスさまの乳母は島国の出身でしたか？」

それで異国の子守唄を歌ってくれたに違いない。ノエはそう思ったのだが、オルディスは少しの間のあと「母ですよ」と言う。

「この歌を僕に歌ってくれたのは……母です」

気まずそうな母という響きに、ぎくっとした。悪いことを聞いてしまったと思った。迂闊《うかつ》に、家族の話に口を挟むのではなかった。彼を自死の道連れにしようとした母親の話など、きっとしたくなかったはずだ。

「ご、ごめんなさい……」

「詫びないでください。嫌な思い出のある歌なら、わざわざ口ずさんだりしません」

それは、彼が幼い頃には母親も優しかったという意味だろうか。

聞きたいが、これ以上尋ねる勇気はノエにはない。不自然に黙ったままでいると、オルディスは察したのか、ノエの背中をぎゅっと抱き締めて言った。

「それにしても、釈然《しゃくぜん》としませんね」

「え？」

「ヨハン兄さんはあなたを『よく見れば楚々とした美人』などと言うし、先ほどは、僕があなたを綺麗にした……などと見当違いの話をするご令嬢もいらしたでしょう」

それでどうして腹が立つというのだろう。疑問に思い顔を上げたら、頬を大事そうに両手で包まれる。少し高めの体温が、触れたところからじわりと沁みてくる。

「あなたはもともと美人ですよ。出会った日から、僕はずっとそう思っていました」

近すぎてぼやけて見える黄緑色の瞳は、それでもはっとするほど綺麗だ。

「これまであなたの良さを見ようともしなかった連中に、今さら騒がれるのは癪《しゃく》です。それも、僕との結婚がきっかけだなんて。ほとんど言葉を交わしたこともないのに、あなたという人の綺麗さを判断するなど愚《ぐ》の骨頂《こっちょう》。今まであなたの魅力に気づかなかったのなら、これからも気づかないまま、潔く墓場まで行けばよろしいのに」

墓場などというまた突拍子もない発言に、ノエは思わずくすっと噴き出した。相変わらず、おかしな理屈を口にする人だ。

「……皆、わたしというよりオルディスさまに興味があるんですよ。本当にわたしという人間に興味を持ってくださっているのは、オルディスさまだけだと思います」

「そうでなければ困ります」

「困るんですか？」

「当然でしょう」

何が当然で、何に困るというのだろう。

真剣そのものの表情がおかしくて、ノエは耐えきれず再度噴き出し、しばし肩を揺すって笑い続け、そしてふと、指先が温まっていることに気づいた。体のこわばりが抜け、恐怖が消えている。

「……あ……」

思えば、鷹に襲われたことを忘れていた。いや、オルディスが忘れさせてくれたのだ。

いつもどおりの会話をして、ノエが自然と平常心を取り戻せるように。

お礼を言おうとすると、頬を両手で包み込んだまま、唇の先をちゅっとついばまれる。

「やはりあなたは、笑顔が一番素敵です」

安堵したように微笑んで、オルディスは言う。

「僕の前では、いつでもそうして笑っていていただきたいものです。いえ、無理に笑えという意味ではありません。あなたが笑える環境を、僕が護ってさしあげたい。笑えないときは、僕の力で笑顔にしてさしあげたい」

「オルディスさま……」

「あなたが笑ってくださるのなら、僕は喜んで滑稽《こっけい》な道化師にだってなりましょう」

熱のこもった甘い言葉に、ノエの胸はどきどきと高鳴る。まるで、愛を囁かれているかのようだ。これが本当に愛の言葉だったら、幸せすぎてきっと卒倒しているだろう。

「……下僕をやめて、道化師になられるという意味ですか？」

ノエが照れ隠しにそう問うと、オルディスは一瞬、気づいたような顔をする。まるで、下僕の立場を主張していたことをすっかり忘れていたかのように。

「そう……ですね」

その声も困惑しているように聞こえて、つられてノエのほうまで落ち着かない気分になった。ノエを笑顔にしたいなんて、下僕の立場から出た言葉でないのなら……どんな立場から言ったのだろう。

「では、僕はノワズティエ嬢のために道化師の姿をした下僕になりましょう」

「……せめて、スタンダードな下僕でお願いします……」

「かしこまりました。……すっかり僕はあなたのなかで下僕として馴染んだようですね。嬉しいです」

　何事もなかったかのように会話をしつつも、ノエはそわつくような気持ちを消せなかった。体の奥のほうで、わけもなく湧き上がる熱を感じる。

　ガーデンパーティーはそのままお開きになったが、ノエは自宅に戻ってからも、結い上げた髪をしばらく下ろさずにいた。彼の手で優しく包み込まれた頬の感触を、自分の髪の感触で消してしまうのが惜しかった。

4. 納戸とひめごと

オルディスの婿入りから二週間。

レコンシオン家に、また新たな家族が加わった。雌猫のラックだ。

ガーデンパーティーのあと、彼女を迎えたいと言い出したのはノエだった。あんなにもオルディスに懐いているのに引き離してしまうのはあまりにも忍びない――というのが主な理由だが、心の奥底にカミーユへのちょっとした対抗心があったことは否めない。

「我が家にようこそ、ラック！」

ノエは膝を折り、ヴゼットクルエル家から運ばれてきた籐籠を覗き込む。ラックは、その中央に行儀よく座ってニャアと鳴く。

「これから、どうぞよろしくね。今、ミルクを用意しているから、まだ、もうちょっとだけ籠の中で待っていてもらえるかしら？」

顔を近づけると、ゴロゴロと喉を鳴らしながら籐籠越しに頬ずりをされた。

「ふふ、本当に可愛い」

「すっかり懐いていますね。すでに家族のようですよ」

　というのは、ノエとともに階段ホールでラックを出迎えたオルディスの言葉だ。

「ラックも感謝しているのでしょう。あなたのおかげで、新たな居場所ができて」

「こちらこそ、慣れない場所にやってきてくれたラックに感謝です。実はわたし、小さな頃からずっと猫を飼ってみたいと思っていて」

「猫は今回が初めてですか？」

「はい。というのも、父が動物全般だめなんです。母を流行病で亡くしたことがきっかけみたいで……そのとき狩りに使う鷹と馬以外は、犬も雉《きじ》もうさぎもリスも野に返してしまって」

　いずれ看取るのがつらいのだろうということは、容易に想像できた。それだけリーヴィエにとって、妻の死は大きな悲しみだったのだ。

　幼いノエの目から見ても、両親は仲睦まじかった。父には母しか、母には父しかいないと思えるほどだった。それなのに流行病に冒され、たったの三日。別れを惜しむ間もなく逝《い》かれてしまったのだから、打ちのめされるのも無理はない。

　以来、ノエがペットを欲しがるたび、リーヴィエは眉をひそめた。

　ねずみは衣類を齧《かじ》るからだめ。犬は吠えるからだめ。うさぎは毛が細いからだめ。猫に至っては、海の向こうの島国では王しか飼えない特別な愛玩動物だからだめという、到底納得のいかない理由で拒否された。

リーヴィエがラックを許したのは、大切な婿殿の猫だからこそなのだ。

「でも、これで父もわたしも、一歩前に進めたような気がします」

「僕のような者のみならず、飼い猫まで気遣ってくださるとは。ノワズティエ嬢はやはり慈悲深くていらっしゃいます」

慇懃《いんぎん》に頭を下げるオルディスを見て、内心、ノエは嘆息せずにはいられなかった。

――ノワズティエ嬢、ね……。

未だにオルディスは『ノエ』とは呼ばない。ヨハンとノエの会話から、ノエがそれを望んでいることは察しただろうに、結婚前と同じ呼び方をやめない。

大切にされているのは明らかなのだ。一緒に歩くときは歩幅を合わせてくれるし、毎日かかさず服装も髪型も褒めてくれる。だが、気遣いあうのも当然という夫婦らしい考え方が彼に芽生える気配は、まだなかった。


ラックをミルクでもてなしたあと、ノエとオルディスはラックを連れて二階へ移動した。

早々にラックの寝床を作ってやらねばならない。見知らぬ場所では心細いだろうから、オルディスの生活の場である彼の部屋がいい。そのための毛布も、ヴゼットクルエル家の使者がラックとともに運んできた。猫一匹の荷物にしては、大きすぎる木箱で。

「手当たり次第に詰め込んでくれましたね、ヨハン兄さん……」

棺桶に似た長方形の木箱を覗き込み、オルディスは苦々しい顔をする。中には、何故だか木の茶碗や異国の面、奇妙な柄の布切れ、船の模型などが見える。

「ほとんどラックとは関係のないものばかりではないですか」

「わたしも手伝います、荷ほどき」

無実の証明に繋がるものが見つかるかもしれない。そう考えてノエは木箱に駆け寄ったが、案の定「お気になさらないでください」とソファへの着席を促された。オルディスに抱かれていたラックも、すとんとノエの足もとに下りる。

「どうせ、大半が廃棄です。嫌がらせのつもりなんですよ。ヨハン兄さんは、自分を差し置いて先に婿入りした僕が気に入らないのです」

「ヨハンお義兄さまが詰めてくださったのですか、このお荷物」

ラックが暖炉のほうへ歩いて行ったから、つられたふうにさりげなく、ノエも元の場所へ戻った。木箱を挟んでオルディスの正面に、しゃがみ込む。

「次男以下は割と暇ですからね。使用人のような仕事もするんです。父の跡を継ぐために、日々休みなく軍の仕事をしているクリストフ兄さんとは立場が違います」

「……オルディスさまも、自由なお時間が多かったのですか？」

彼の実家から荷物が送られてくるなどという好機はそうそうない。木箱の中に手を入れて、奇妙な柄の布を退かしてみる。

「ご実家にいらっしゃるとき、普段どんなふうに過ごされていたんですか。オルディスさまのご趣味、そういえばお聞きしていませんでしたよね」

するると、ティーセットを運ぶトレーほどの大きさのキャンバスが埋もれているのが見えた。描かれているのは人物だ。鼻から上、銀の髪に黄緑色の瞳が覗いている。

（オルディスさまの肖像画かしら）

ノエは一瞬そう思ったのだが、描かれている人物とオルディスは肌の色が違った。絵のほうは透き通るように真っ白な肌で……女性だろうか。なんとなく、オルディスより輪郭に丸みがある。まさか、彼の母親なのでは――。

そんな考えが頭に浮かんだら、ノエは途端に布を絵の上に戻していた。また迂闊に彼の辛い過去に触れて、この場を気まずい雰囲気にしたくなかった。

「あなたに語れるほどの趣味などありませんよ」

オルディスはそう言って、布のかかったキャンバスを木箱から取り出す。そしてそのまま、ぞんざいにくずかごに押し込んだ。

「ノワズティエ嬢こそ、結婚前はどのように過ごされていたのですか。ご趣味は、やはり本を読まれることでしょうか」

ノエの行動だけで布の下にあるものを察し、それをノエの視界から消そうとしたように見えた。

（やはり、描かれているのはオルディスさまのお母さまなのだわ）

そう確信するには充分な行動だった。しかし、描かれていたのがオルディスの母親だったとすると、ノエは途端に言いようのない違和感を覚えた。何かが違う、だがその『何か』の正体がわからない。奥歯に挟まった小骨が取れないような、もどかしい違和感……。

どうしてこんなふうに思うのだろう。

「……よくおわかりですね、わたしの趣味が読書だって」

「何度かおっしゃっていたでしょう。本で読んだとか、見たとか」

「覚えていてくださったのですね」

「ええ、もちろん」

ふいに向けられた穏やかな笑みに、思い出したのは、結婚前に彼から届いた贈り物の存在だ。胸が温かくなると同時に、感じていた違和感はなりをひそめる。

「ノワズティエ嬢は、どのような本を読まれるのですか」

「なるべく大きな字で記されている本です。画集とか、図録とか。暗い場所でランタンの火を頼りに読もうとすると、小さな字では読みにくくて——」

言いながら、ハッとする。読書は読書でも、納戸に引きこもって読書するのが趣味だった、という話は絶対に明かせない。その程度で幻滅したり蔑視したりするオルディスではなかろうが、ノエは知られるのが無性に恥ずかしかった。

「あ、あの、夢中になるとつい、時間を忘れてしまうんですよね。気づくと日が暮れているので、最初からランタンのもとで読むことを前提に本を探すようにしているというか、

「ええと……」

「ノワズティエ嬢の気持ちはよくわかります」

オルディスが素直に相づちを打ったので、ノエはひとまず胸を撫で下ろした。

しかしこれほど嘘をつくのが下手な身で、彼に気づかれずに無実の証明をすることなどできるのだろうか。不安になってくる。

「僕も、暇さえあれば読書ばかりしていました」

「オルディスさまも？」

「僕は歴史や伝統、他国の文化に触れたような本を読むのが習慣でしたね。ヴゼットクルエル家の領地は国境に面していますから、そのような本しか自宅になかったというのが理由ですが……街に出ても同じような本を手に取っていたので、単純に好きなのでしょう。たいした趣味がなくて申し訳ないです」

「いえっ、素敵だと思います！」

木箱のふちを摑み、ノエは思わず身を乗り出した。

やっとオルディスの趣味を知ることができて興奮したのもあるが、それならば初夜の翌朝にリーヴィエの書斎にいたのは、やはり本を探していたからだと思えたためだ。

「あの、おすすめの本があったら教えていただけませんか。オルディスさまが読んでみたいと思っている本も」

「……そうですね」

オルディスは荷ほどきの手を休め、窓の向こうの空に視線を上げる。

「できることならもう一度読んでみたい、と思っている本ならあります」

「そんなに面白い本なのですか」

「ええ。幼い頃に読んだ絵本です。子供のつむじには精霊が宿っている、だから迂闊《うかつ》に頭を撫でさせてはいけないという内容で……」

もう一度読みたいのが絵本だなんて意外すぎて、ノエは目をしばたたかせた。子供向けの本とオルディスが、イメージとして結びつかない。

するとスまっ毯の隅に姿勢よく座っていたラックが、ゆるりと振り向く。飼い主の声を聞きながら、徐々に警戒心を解こうとしているかのように。

「父が僕のためにわざわざ市場で探してくれた絵本だったのですが、なにぶん幼い頃のことですから。ヴゼットクルエル家の書庫のどこかに入り込んでしまって」

「もったいないですね。わたしも読んでみたいです、その絵本」

「そうですか？　そういえば、同じ絵本にこんな話も書いてありましたね。悪いことが続くときは真っ先に、精霊がつむじから落ちたのではないかと疑うのだそうです。初めてその本を読んでからしばらくの間は、僕も兄たちも悪いことが起きると精霊を探して歩いたものでした」

なんて可愛らしい思い出話だろう。

空想の世界の生き物を探して歩く幼いオルディスの姿を想像すると新鮮で、微笑ましくて、抱き締めたくなる。今まで思い浮かばなかった彼の過去がありありと脳裏に描けるのも嬉しくて、ノエはちかちかと瞬くものを手にした気分だった。

「あの、荷ほどきは一旦、お休みにしませんか」

「ノワズティエ嬢?」

「わたし、オルディスさまともっともっとお話ししたいです!」

やっと彼の深い部分に触れられた気がした。近づけそうだと思った。無実の証明のため、という理由がなくても、オルディスの語った話がノエにはとても興味深く、魅力的に思えたのだ。

「ソファに座ってください。侍女に紅茶を持ってくるようお願いしますから、飲みながらお話ししましょう」

「……そうですね。僕も、あなたとゆっくり話をしたい気分です」

オルディスもそう言って、木箱越しに手を差し伸べてくれる。

ソファに向かい合って座ると、ノエはローテーブルに身を乗り出すようにして、オルディスに話の続きを催促《さいそく》した。彼が語ってくれるなら、どんな話だって聞きたかった。

こうして夢中になるうちに、ノエはいつの間にか忘れてしまっていた。くずかごに押し込まれた、オルディスの母親の肖像のこと。その絵に対して抱いた、言いようのない違和感について。

ふたりが語らい始めて一時間が経過する頃、ラックはついに眠りに落ちた。オルディスのくつろいだ声を聞き続け、安心したのだろう。

「ヴゼットクルエル家の城はここよりずっと内陸のほうにありますが、湖の見える塔が城の南に建っているんです。僕はずっとその湖を海だと思って眺めていました」

「海、お好きなんですか？」

「憧れでしたよ。なにしろ内陸で育ったものですから。ノワズティエ嬢は？　やはり海は身近なものですか？」

「はい。わたしにとって海は当たり前に側にあるもので……父が王の身を護れなかったとき、飛び込むべきところです」

冗談のつもりでノエはふふっと笑ったが、オルディスは口の端を少し上げただけだ。

「このあたりでは、海より湖のほうがずっと珍しいですわ。わたしも見てみたいです。その塔から望む湖。オルディスさまが幼い頃から慣れ親しんだ風景、全部」

「では、お連れしましょう。お義父さまが許してくだされば、明日にでも」

オルディスはメイドが運んできた紅茶をきっちりと飲み干し、ヴゼットクルエル家の城や領地、兄ふたりについて詳《つまび》らかに語った。次兄ヨハンが強引に彼を社交の場に引っ張り出していた件はノエを頷かせたし、長兄クリストフの遠征に同行した際の野営地での話はとても興味深かった。

「内陸の夜は意外と騒がしいんですよ。虫の声や木々のざわめき、雨音や風の唸り……ましてや野宿となると、獣がいつ襲ってくるかわかりませんから周囲の音に敏感になります。この屋敷は、波の音が他の雑音をすべて包んでくれるところがとてもいいですね。毎晩、よく眠れます」

「潮騒のほうがうるさくないですか？　わたしはてっきり、内陸のほうが静かとばかり」

「決まった音がある、という状況のほうが僕は落ち着くようです。最近は、ノワズティエ嬢の寝息も僕を安眠に導いてくださいますし」

微笑ましそうな声で言われて、ノエは思わず固まってしまう。

「わ、わたし、寝息なんて立ててますか……!?」

「ええ。時折、むにゃむにゃとなにやらおっしゃる声にも、大変癒《い》やされます」

「……あの、オルディスさま、あまり眠れていないのでは」

「いいえ、眠っていますよ。眠っていても、あなたのおっしゃる言葉だけは聞き逃さないようにできているのです、僕の耳は」

「素直に怖いです……」

会話をしている間、オルディスは一方的に語り続けたり、ノエを置いてけぼりにしたりはしなかった。気兼ねのいらないおしゃべりはテンポも心地よく、ティーポットが空になっているのにノエはしばらく気づかなかったほどだ。

しかしオルディスの話には、とある話題が抜け落ちていた。

彼の産みの母親についてだ。目の前で身を投げて亡くなった、その際巻き添えになりかけた、という話は以前聞いたが、どうして身を投げたのかという経緯については語られず、かといってノエから尋ねることもできず、疑問だけが残った。

「わたし、紅茶のおかわりをお願いしてきますね」

そう言ってノエが立ち上がったのは、日がずいぶんと傾いた頃だ。

「僕が参ります。あなたは座っていらしてください」

オルディスにすかさず引き止められたが、それではノエの気が済まなかった。

「わたしが行きます。話がしたいと言い出したのはわたしですし、わたしがもう少し飲みたいんです。夕方になれば父が王宮から戻ってくると思いますから、それまではお茶の時間にしていたくて。……お願いです」

顔の前で指先を合わせると、仕方ない、というふうに微笑まれる。

優しいその笑顔は、会話をする前より少し身近になった気がした。こうして何度も語り合う機会をもうけていれば、きっと、ノエと呼ばれる日もそう遠くはない。

「では、すぐに行ってきま――」

茶器をのせた銀のトレーを、ノエが持ち上げようとしたときだ。ティーポット側にトレーが傾き、ティーカップが滑る。

「あ！」

声を上げたときには、茶器すべてが床に落下していた。がちゃん！　という高い粉砕音に、暖炉の前で眠っていたラックがびくんと飛び上がった。

「ラック！」

ノエが声をかけたのがますますよくなかった。

寝起きで混乱したまま一目散《いちもくさん》に駆けていき、ラックは扉を爪でばりばりと引っ掻く。すると、しっかり締めきれていなかったのか、扉がわずかに開いた。そこから逃げ出す彼女をノエはすぐさま追おうとしたのだが、

「いけません！」

オルディスの腕に制止された。

「動かないでください。茶器の破片を踏んでは危険です」

「でも、ラックが。ここは古い城ですし、出られないところに迷い込んでしまったら」

「大丈夫です。彼女は利口な猫ですから」

言いながら抱き上げられ、ソファに横向きに下ろされる。

オルディスのほうこそ、茶器の破片を踏んだに違いない。靴の下からちゃりちゃりと音がする。しかしそんなことは少しも気にせず、オルディスはしゃがみ込んでノエの両手を握る。そして、言った。

「いいですか。僕がこの世で一番大切にしたいのはあなたです。ラックではありません」

「……オルディスさま」

「いかなる状況でも、最優先すべきはあなたです。あなた自身も、そう心得てください」

真剣さがわかる険しい表情に、ノエの心臓は跳ねる。

この世で一番。それは、下僕だからだろうか。主人と定めた人はノエだけだという意味？　それとも……少しは妻として大切に思ってくれているのだろうか。

真意を知りたくて、尋ねてみようと唇を開いたものの、ノエの唇から言葉が発せられることはなかった。握られたままの両手が、やけにはっきりとした脈を打っている。このどきどきが彼に伝わっていたらどうしようと考えると、じんわりと頬が熱くなってきて、もう一歩の勇気がどうしても出なかった。


「声が聞こえますね。この奥からです」

茶器の破片を片づけ終わり、ラックを捜してふたりがやってきたのは一階だ。屋敷の南にある、狭い生活用階段の下の納戸の前。その扉にある覗き窓から入り込んだのだろう。かすかに猫の鳴き声らしきものが聞こえている。

「わたしが捜してきます。オルディスさまはここで待っていてください」

「僕が行ったほうが、素直にラックも出てくると思いますが」

「いえ、出入口も狭いですし。わたしでさえ膝をつかないとくぐれない扉ですから、オルディスさまが通るのはもっと大変かと」

絶対に譲れるはずがなかった。

何故なら、その納戸はノエが好んで引きこもっていた場所。最後に入ったのは結婚前で、木箱の上には読みかけの本とランタンがまだ置いてある。読書の趣味を語り合った今、オルディスがそれを目にすれば、たちまち真実に気づくに違いなかった。

公爵家の令嬢の趣味が納戸での読書だなんて、おかしいに決まっている。オルディスが気にしないと言ったとしても、無理をしてそう言ってくれているのではと勘ぐってしまいそうだ。それだけは嫌だ。

「わたしが行きますから。絶対にラックを連れて出てきますから……っ」

ノエは必死に食い下がったが、オルディスも譲らなかった。もともとラックはオルディスの飼い猫ゆえ、その行動の責任は自分にあると考えたらしい。

「この狭い扉をくぐるのに、あなたを跪かせるわけにはいきません。どうしてもおひとりで行かれると言うのなら、僕を敷物になさってください。扉の前に寝そべりますから、あなたのお膝を僕の背中に……」

「わわわかりましたっ。一緒に入りましょう。それでいいですよね！」

「念のため、僕が先に参ります」

はいと答えるしかなかった。オルディスのこの慇懃な態度は、いつになったら改善されるのだろう。やはりノエのほうからやめてくださいと言うしかないのだろうか。

だが、それでは意味がないとノエは思う。

オルディスはノエの要望とあらば必ず応じるだろう。初めての夜、そうしてくれたように。夫らしく振る舞ってほしいとお願いすれば、そのように態度を改めるに違いない。

両想いになりたいと言えば、きっとノエに恋しているかのように振る舞ってくれる。それでは距離が縮まるどころか、垣根があることを痛感するだけだ。

「ラック？　どこにいるんですか。出てきなさい」

膝立ちで進むオルディスの呼びかけに、にゃあと応える声がした。

後に続いて扉をくぐったノエは、木箱の上に置かれていた読みかけの本をさりげなく背中に隠す。よかった。ひとまず気づかれてはいないようだ。

「ラック」

オルディスがランタンを向けると、暗がりで小さな影が動く。

「僕です。まさか、飼い主の声を忘れたわけではないでしょう」

しかしラックは姿を現そうとしない。暗がりで、か細い声で悲しげに鳴くばかり。茶器の割れた音がよほど怖かったのだろう。

「ごめんなさい、ラック。反省してるわ……」

ノエが詫びたところでラックが出てきてくれるわけはなかった。

致し方なく、しばし留まって様子を見ることにする。安全だとわかれば、自ら出てくるだろうというのがオルディスの見解だった。

ノエは壁際に腰を下ろし、背中に本を隠しながら冷や汗を流す。結婚前、ここは城の中でもっとも過ごしやすい場所だった。ここにいれば、何もかもを忘れて安心できた。それなのに今は、とにかく落ち着かない。

「それにしても」

オルディスはランタンをぐるりと周囲に翳す。

「もっと物が多いかと思いましたが、ここはずいぶんと片づいていますね」

「そ、そうでしょうか」

「納戸というより、まるで隠し部屋のようです」

そんな印象を持つのは、当然といえば当然の話だった。ノエがいつでもやってこられるよう、使用人たちは荷物をこの納戸には絶対に置かない。運び込めばノエにそれらを自力で移動させることになるため、気を遣って置こうとしないのだ。

「あ――あの、せっかくですから、お話の続きをしませんか？」

橙色《だいだい》の淡い光が丸く照らす室内、ノエはつとめて明るく提案する。これ以上詮索されたら、ぼろが出てしまいそうで怖かった。

「わたし、もっと聞きたいです。オルディスさまが野営地で過ごした夜の話。それと、あ、もう一度読みたいとおっしゃっていた絵本の――っ、くしゅん！」

埃が入ったのか、鼻がむずむずしてノエはもう一度くしゃみをする。するとオルディスはすかさず振り返って、両腕を広げた。

「風邪をひいてはいけません。体を寄せ合えば、少しは暖も取れますから」

「え、いいえ、寒いわけでは」

「遠慮なさらずに。ほら」

　ノエは本当に寒くはなかったのだが、腰に腕を回され、引き寄せられる。まずい。背中に隠した本が。気づかれる前にそれを床に置こうとしたが、慌てた所為で手が滑った。ばさばさっ、と音を立てて床に落としてしまう。

「……あ」

「図録……？」

　ああ、もうおしまいだ。

　察しのいいオルディスのこと、一瞬で理解したに違いない。ノエの言う『読書』が、この狭く薄暗い場所に閉じこもってするものであることを。

　――恥ずかしすぎる……！

　ノエは泣きたい気持ちだったが、オルディスはややあって口角を上げた。何もかもを理解したうえで、笑ったようだった。

「あなたの聡明さは、ここで培われたものでしたか」

「……え」

「こんな場所に隠されていたとあっては、その魅力に気づける人間がほとんどいなかったことも頷けます。ああ、こんな優越感、今まで感じたことがありません。僕のために隠しておいてくださったかのようで、たまらない……」

　何を言っているのか、半分くらい聞き取れなかった。どうして そんなに恍惚とした顔をするのだろう。尋ねようとした瞬間、壁に背中を押しつけられ唇を奪われた。

「ん……っ」

(幻滅されたのではないの？　どうしてキスなんて)

事態が呑み込めず、ノエは困惑せざるを得ない。

しかし角度を変えて何度も与えられる口づけは、いつもよりずっと強引だ。クチュクチュと音を立てて唾液を混ぜられ、その淫靡な音に甘やかな目眩を覚える。

初夜以降、オルディスは数日おきにノエをベッドの中で酔わせているが、口づけひとつとっても、ノエの心地よさを優先していた。当初、汚したくないと言っていたオルディスがノエに触れるのは、毎回ノエのためなのだ。

といっても、ノエがオルディスに『命令』をしたのは最初の一度きり。二度目からは、願いを口に出すことはなかった。それでもオルディスがノエに触れるのは、無意識のうちにノエが触れてほしいという気持ちを匂わせていたからに違いなく、言葉にしなくても望みを汲んでもらえるのは嬉しかった。

だが今は——。

「んん、っ、オルディス、さま……っだ、め」

オルディスの左手がドレスの裾から滑り込んできて、ノエは焦って唇をずらす。

彼に触れられるのが嫌なのではない。しかし、ここは階段下の納戸だ。使用人が扉の前を通る。扉に内鍵はもちろんないし、格子状の覗き窓だってついている。そもそも扉は半開きなままで、無防備としか言いようがない。

　しかしオルディスはノエの太ももを探る手を止めない。ドロワーズを奪われてノエはますます焦り、ばしばしっ、と拳で強めにその胸を叩く。ここでこれ以上のことをするのはいけないと、伝えたつもりだった。それなのに。

「ああ、そのように煽ってくださらなくても……。僕はすでに盛り上がっていますのに」

　そう言ったオルディスはすっかり嬉しそうな表情になっていた。

（い、いけない。失敗したわ）

　彼は、どういうわけかわからないが叩かれると喜ぶ性質なのだった。

　刺激を与えるのが逆効果となると、一体この腕からどう逃れたらいいのか。わたわたしながら考えを巡らせているうちに、骨ばった指に秘所を捉えられてノエは飛び上がる。

「っあ、ヤ、だめ！」

　咄嗟に身をよじり、逃げようとしたらまた失敗した。追い討ちのように、オルディスの脇腹を膝で蹴り飛ばしてしまったのだ。全身から、さあっと血の気が引いていく。

「あ、あの、今のは事故的な接触で」

「そうですね。あなたがおっしゃるのなら、事故なのでしょう。しかし、それならばどうして下着が湿っているのでしょうか」

　布越しにくっと彼の指が割れ目に食い込んで、ノエは肩を大きく跳ね上げる。

「そんな、はずは……」

「お疑いなら、触れてみてください」

左手を取られ、自分の脚の付け根へと導かれる。指先で下着に触れると、確かに、秘所の上が湿り気を帯びていた。

「快楽を与えなさいと、命じていただいたも同然ではありませんか」

「ひっ、飛躍しすぎでは！」

「今さら、恥ずかしがらなくてもいいのですよ」

「恥ずかしがっているように見えますか……!?」

「とても可愛らしい、恥じらいの表情にしか見えません」

オルディスの目に映る世界は、現実とはズレがあるに違いない。だから常識を説いてもさっぱり理解してもらえないのだ。

それでもノエは必死になってオルディスの肩を押し返そうとしたのだが、胸もとをはだけさせられ、先端をつままれると、みるみる両手に力が入らなくなった。その隙に脚の付け根の下着をずらされ、直に花弁に触れられて、息を呑むことしかできなくなる。

こんなときなのに、どうして下腹部が熱くなるのだろう。

「さあ、寒さなど感じないようにしてさしあげましょう」

「やっ、ゆ、指……いれちゃ……っ」

「おや、ますます濡らしてくださいますか。嬉しいですね」

彼の指が蜜口でぬるりと滑って、蜜が染み出していることを自覚させられる。いつの間に、こんなにも溢れてしまっていたのだろう。まだ、胸の先に触れられただけなのに。その気になってはいけないと、自覚しているはずなのに——。

ノエが震えていると、頭上で足音がする。お仕着せの室内履きの音だ。

「オルディスさま、侍女が来ますから、っ」

さすがにやめるだろうとノエは思ったのだが、腰を抱く腕は緩まなかった。女の入り口をやわやわと揉みほぐすことも、間近で熱っぽく見つめることも。

足音は、みるみる近づいてくる。心臓の音が、耳の中でどくどくと響く。

(もうだめだわ……！)

見つかってしまう。淫らな行為に及んでいるところを、見られてしまう。

ノエが覚悟したそのとき、ラックが部屋の隅から素早く移動した。

近づいてくる足音から逃げようとしたのかもしれない。開いた扉から勢いよく駆け出す。

と、「あら、猫」と侍女は足を止めて、驚いたようだった。

「寝床でも探してるのかしらねぇ」

呑気な呟きが聞こえたのも束の間、納戸の扉がぱたんと閉められる。そして侍女は覗き窓から納戸内を確認することもなく、足早に去って行った。

——心臓が止まるかと思った……。

危機が去って、ノエは腰が抜けそうなほどほっとした。しかしオルディスは「おや、残念ですね」とさほど残念そうではない口調で言う。

「あなたといると、僕は相反する衝動に悩まされてばかりです」

「衝動……？」

「誰にも知られたくないのに、誰かに知らしめたいという衝動です。僕の腕の中で、あなたがこんなに淫らになってくださることを」

蜜口にあてがわれた指の動きがゆるゆると再開し、ノエは必死で首を左右に振る。

「あ、だ、だめ」

「だめ、ですか？　ここはこんなにも喜んでいらっしゃるのに？」

指を前に滑らせ、花弁の内側の粒をくりっと弄られ、頬が火照った。

すっかり膨れている気配がする。そんなところまで反応してしまっているとは思いもしなかった。まるで、隠れて事に及んでいることに興奮しているみたいだ。そんなことは絶対にない、はず……なのに。

指はさらなる蜜を求め、蜜口を浅く抉る。もっと奥に欲しいでしょうと問いかけるような刺激に、こくっと喉を鳴らしながらもかろうじてかぶりを振り続ける。

「……っ……」

だめ。だめだ。こんなところで欲しがるなんて。

でも、もう、逃げる力が残っていない。

「ばれてしまえばよかったのに。僕の腕の中であなたがこれほど美しく乱れること」

ぐっと指を進められると「あ！」と高い声が漏れた。慌てて両手で口もとを押さえると、

色づいた胸の先端に舌を絡められる。

「ん、っ……」

胸の先と脚の付け根から湿った音が上がるのを聞いて、ノエは最後の理性を手放した。

このまま、彼に身をゆだねてしまおう。だって、もうベッドへ移動するのも待てない。

すると蜜を内壁に行き渡らせる指の動きは、いつもよりずっと焦れていた。胸の先を吸い、起ち上げてゆく唇からも、普段の冷静さは感じられない。まるで、この納戸でノエが密かに過ごしていた時間をも欲しているかのように。

ノエがオルディスの太ももに向かい合って跨がったのは、ほどなくしてだ。下着をずらし押し当てられた雄のものは、しっかりとした硬さでノエの期待感を煽る。

「ふ、っ……」

「かまいませんよ。あなたの好きなように扱ってくださって」

くっと先端を埋められると、腰を落とさずにはいられなかった。みるみるのぼってくる、張り詰めた熱の塊《かたまり》が愛おしい。雄々しいそれを根もとまで呑み込みきるのに、時間はそれほど必要なかった。繋がった体は、どちらともなく揺れ始める。

「ああ、たまりませんね……いつもよりずっと深く、まるであなたの心にまで、触れているかのよう、です」

「つは……ぁっ、はぁっ……あ……ん……っ」

こみ上げてくる愉悦に追いたてられ、もう声をひそめていられそうになかった。

「あ、あっ……お願い、オル、ディス……さま」

「ご命令ならば、なんなりと」

「キス……して、わたしの唇を、塞いで……っ」

言うや否や、オルディスの唇が噛みつくようにノエの唇を覆う。

「んん……っく、ふ……ぅ」

噛みつくような口づけはそれでも巧《たく》みで、ノエは腰を揺らしながらふわふわとした愉悦に身をゆだねた。奥まった場所での密かで大胆な営みはひたすら後ろめたく、感じれば感じるほど緊張も高まって、ノエはいつもよりずっと早く昇りつめ果てたのだった。

5. 初デート

翌週、王宮に『出勤』したはずの父リーヴィエが早々に帰宅して言った。

「ノエ、陛下がおまえを気にしていたぞ。陛下が取り持ってくださった結婚から、もうすぐひと月。そろそろふたりで結婚後の生活を報告しに行ってみてはどうだ」

陛下という言葉に、ノエはぎくっとする。陛下が自分を気にしている——理由は例の任務についてのことに違いないと思ったからだ。

忘れていたわけでは、断じてない。だが、未だ何の成果も上げられていないというのは、任務に真正面から向き合うのを怠っていた証拠だ。

急ぎ身支度をし、箱型馬車に乗り込む。すると、当たり前のようにオルディスが向かいの席に乗り込んでくるからノエは焦った。

「え、オルディスさまも行かれるのですか」

「ええ。結婚生活の報告ならば、僕もご一緒しなくては。あなたと良い関係を築けている様子を、実際にお見せして安心していただきましょう」

それは困る。

ひとりで行かねば、密命に関する話ができない。だがオルディスの言い分はもっともで、拒否するのも不自然極まりなく、致し方なくノエは「そうですね」と同意し、彼とともに馬車で王宮へと向かったのだった。

「今日は夫婦揃っての謁見か。仲睦まじいことだ。――面を上げよ」

王は玉座につくと、第一声、不満げにそう言った。

謁見の間は左右の壁にずらりと甲冑姿の衛兵が並び、相変わらずものものしい。ノエが緊張しながら頭を持ち上げると、先に正面を向いていたオルディスが言った。

「ご無沙汰しております、陛下。このたびはノワズティエ嬢との結婚に際し、格別のお取り計らいを賜《たまわ》りましたこと、心より御礼申し上げます」

「……取り計らい？」

「ああ、いえ、大変失礼を申し上げました。彼女と結婚したいという僕の分不相応な願いに、寛大な陛下がお応えくださったのでしたね」

えっ、と声にならない声を上げて、ノエは左隣を見る。

結婚したいと願い出た、とオルディスは今言っただろうか。彼が、縁談の発案者？　どうして？　陛下の提案ではなかったの？　どういうことなのか尋ねたくても、王の御前だ。

「それで、結婚生活の報告にやってきたとか？」

その王は、とっとと語ってとっとと帰れとでも言いたげな態度だ。

「はい。おかげさまで幸せに暮らしております。さすがは、彼女が幼少の頃から陛下が特別にお目をかけていたご令嬢だと感服する毎日です」

「ほう。ノワズティエはおまえが浮名を流したほかの女たちとは違うとでも言いたいか」

「おっしゃるとおりです。この僕のつまらない趣味の話にも、興味深く耳を傾けてくれたのは彼女が初めてですから」

流暢《りゅうちょう》なオルディスの言葉に、王はさして興味もなさそうだった。聞き終えて、すぐにノエに視線を戻す。

「ノワズティエにも聞こう。オルディスとの結婚生活は順調か？」

「はい、陛下。彼と結婚してから毎日がとても充実していて、幸せです」

「なるほど。それは、すべてうまくいっていると受け取っていいのだな」

嫌なふうに心臓が跳ねる。すべてうまくいっている。例の密命の経過も含めて、という意味で問われているのは明らかだ。

「……はい」

本当はまだ何の成果も上げられていない。だが、オルディスの前だ。そう答えるしかなかった。

「そうか。親父殿はどうだ？　リーヴィエはオルディスを厭うてはいないか」

「とんでもございません。夫は、父にとって待望の婿殿です。ともすれば頭が上がらないといったふうで」

「ふうん。それで、跡継ぎはどうした」

「跡継ぎ……」

「オルディスはおまえを孕ませたのかと聞いている」

当然のように言われて、ノエはぼっと頬を朱に染めた。孕ませ——そんなあからさまな言葉、大勢の衛兵たちの前で言わないでほしかった。見兼ねたのかオルディスが半歩前に出たが、問われているのはノエだ。大丈夫です、と小声で言って彼を下がらせ、王を仰いだ。

「あ、あの、跡継ぎに関しては、ま……まだ、わかりません」

「オルディスが不能というわけではあるまい？」

「いえっ！　オルディスさまはきちんと——」

きちんと、なんなのだ。

ノエは己が何を言おうとしたのか、はたと気づいてますます頬を火照《ほて》らせた。

「なるほど、婿としての務めはきちんと果たしているようだな、オルディス」

まるで挑発するような問いかけに、オルディスは隙のない笑顔を見せる。

「粛清屋の跡継ぎをもうけることは、国家の急務。陛下の御為、これからもお役目を果たすべく、鋭意努力いたします」

その後しばし王と言葉を交わして、ノエはオルディスとともに謁見の間を出た。どうにかぼろを出すことなく受け答えができたと胸を撫で下ろした直後、前を行くオルディスが玉座を一瞥するのが見える。

やけに鋭く、凍るような視線だった。

気の所為かと思えるほど刹那の出来事ではあったが。


翌日から、ノエはリーヴィエの書斎に出入りするようになった。リーヴィエの留守を見計らい、オルディスや侍女たちの目を盗んで。

このところオルディスに振り回されて彼の無実の証拠探しが疎かになっていたが、王に謁見したことで、現実を思い出した。

(ヴゼットクルエル家……ヴ、ヴ……)

探していたのは、報告書の控えだ。

粛清屋は疑わしい人物について、素行から出自に至るまでを徹底的に調べ上げて記録する。そして罪の有無にかかわらず、調査結果を王に報告する。その際、提出した報告書の写しを、書斎の奥の隠し部屋に保管しているのだ。

オルディスについての報告書があることは、王から密命を言い渡されたときの会話からも明らかだった。

それを今まで探さなかったのは、見たところで、参考にはならないだろうと思っていたからだ。王はリーヴィエの報告書に満足していない様子だった。つまり、王にオルディスの無罪を確信させうる情報は記されていないことが予想できる。

だが、有力な情報を得られぬまま、もうすぐひと月。

このままではオルディスは敵国の諜報員であるとみなされ、ノエが自らの手で崖から突き落とさねばならなくなる。リーヴィエだって、オルディスが諜報員であると見破れなかった無能者のレッテルを貼られる。

もはや悠長にもしていられない。わずかなヒントでも得られればと、ノエは藁《わら》をも摑む思いだった。

「……あ」

ヴゼットクルエルと記された紙束は、十五年前の控えが収められた棚にひっそりと置かれていた。手を伸ばし、そっと引っ張り出したところで、ノエは眉根を寄せる。

（リリーローズ……？）

表紙に記されていたのが、オルディスの名前ではなかったからだ。

そういえば、と思い出す。オルディスは以前、諜報員の疑いはもともと母にかけられていたと言っていた。すると、これはオルディスの産みの母について調べたものではないか。

どくどくと鼓動が速まる。もしかしたら、自死の理由がわかるかもしれない。何故オルディスを巻き込もうとしたのかも。

耳の奥に脈動を感じながら、ノエは恐る恐る表紙を捲る。すると、

『被疑者死亡につき、証拠不十分にして調査打ち切り』

真っ先にその一文が目に飛び込んできた。

(打ち切り……それだけ?)

次のページを捲ったが、当然記されているはずの調査報告と思しき文章は見当たらなかった。白紙、白紙、最後のページまで白紙のままだ。これでは罪の有無どころか、オルディスの生い立ちや、彼の母が身を投げた理由もわからない。

――どういうこと?

急ぎ、ノエはオルディスについての調査報告書も捜した。

しかし棚をひっくり返すようにして捜しても、彼の名前は見つからなかった。オルディス・ヴゼットクルエルに関しては、調査した形跡すらなかったのだ。


どうしてオルディスに関して調べたあとがないのだろう。王が報告書を見たと言うからには、絶対に存在しているはずなのに。

もしかして、調査報告書の控えを作りそびれたのだろうか。いや、職務に忠実なリーヴィエのことだ。そんな怠慢はしないだろう。すると故意に残さなかったのか、作成した控えを破棄したかのどちらかだ。

そこで思い出したのは、初夜の翌朝の出来事だ。オルディスがリーヴィエの書斎に入り込み、何かを探っていた様子——。

　あのとき、調査報告書の控えを処分したのだとしたら？　でも、何のために？

疑いたくないのに疑う気持ちが止められなくて、悶々と考えて、その晩はほとんど眠れなかった。

　ノエの注意力が散漫なら、夫婦の会話も弾まないのが道理だ。普段と違うノエの様子に気づかないオルディスでもなく、彼は見兼ねたのか翌朝、朝食を前に気遣わしげに言った。

「よろしければ、夫婦ふたりで街に出かけませんか。お義父さん、馬車をお借りしてもよろしいでしょうか？」

「おお、もちろんかまわんよ。ノワズティエを頼むな、オルディスくん」

「はい。ありがとうございます」

　父に背中を押されてしまうと、もはや断る術はない。それで、気乗りはしないが午後から馬車に揺られ夫婦ふたりで街に出たのだった。

　しかし……。

「——ノワズティエ嬢？」

　ぼうっと紅茶に口をつけていたところを、斜め前から声をかけられて我に返る。

「あ、ご、ごめんなさい……何の話でしたっけ？」

　ティーカップを置いたら、すぐ脇を給仕係が通り過ぎていった。オルディスは心配そうな表情をして、ティーカップをソーサーに戻す。

「体調が悪いのですか？　無理に誘ってしまって申し訳ありません。屋敷に戻ってゆっくり休みましょう」

「いえ！　ちょっと寝不足で、ぼうっとしていただけで、元気です」

いけない。せっかく彼がカフェに連れてきてくれたのに、うわの空だなんて。

「昨夜は、無理をさせてしまいましたか」

「ち、違いますっ。断じてオルディスさまの所為では」

「ですが、確かに最近のベッドでの僕の行いは少々しつこいかもしれませんね。気をつけているつもりなのですが、あなたが可愛らしいもので、つい……。今後は自戒して事にあたらせていただきます」

「い、いえ、そんな必要は、というか、ここ、カフェなので……っ」

失敗した、とノエは冷や汗を感じながら思う。寝不足だなどと、言い訳をするべきではなかった。周りの席のご婦人たちが、紅茶そっちのけで聞き耳を立てている。

皆、オルディスの顔を知っているのだろう。なにしろここは貴族御用達の高級カフェだ。

「あの、ち、チョコレートを注文してもいいですか？」

話題を変えようと給仕係を呼ぶと、オルディスはすみやかにオーダーをしてくれた。ノエの好きそうなフレーバーばかりを、五つも。

「甘いものを召し上がることで、少しは元気になられると良いのですが」

寝不足だという言い訳を、しっかり見破っている口ぶりだった。

オルディスは相変わらず優しい。

ノエが何かと理由をつけて席を外し、リーヴィエの書斎に通うようになってからも。勘のいい彼だから、不審に感じてはいるだろう。それでも詮索せずにいてくれる。

――いっそすべてを打ち明けられたら。

ノエは苦しい気持ちで、紅茶の水面に映る窓を見つめる。

あなたは王に疑われている。疑念を晴らすために無実であることの証拠を探しているのだと、伝えられたらどんなにいいだろう。

だがオルディスにもリーヴィエにも知られずに任務を遂行せよというのが王の命だ。ノエが秘密を明かした所為で彼が不要な責めを受ける羽目になったらと思うと、できるはずがなかった。

「ノワズティエ嬢」

いつの間にか、また俯いていたノエは、呼びかけられてゆるりと顔を上げる。

「あーん、と、お口を開けてください」

ぼうっとしたまま、何も考えずに唇を開いた。と、舌の上にコロンと四角いものが転り込んでくる。

「美味しいですか？」

チョコレートだ。理解した途端、顔全体がかあっと火照った。

食べさせられてしまった。こんな、公衆の面前で……！

「それはピスターシュだそうです。こちらはフランボワーズで、右がビターとか」

固まるノエを前に、オルディスは涼しい顔をしている。恥ずかしいことをしたと気づいてもいないふうだ。思えば出会ったときからオルディスはマイペースで、他人からの評価など気にしない人だった。

「どうしました？　ああ、あなたの可愛らしいお口に収めるには少々大きかったですか」

では、と長い指で丸いトリュフをつまみ、半分齧る。何をするかと思いきやそれを当たり前のように差し出され、ノエは恥ずかしさのあまり脳天から蒸気《じょうき》が出るかと思った。

「どうぞ」

どうぞ、じゃない！　どうして平然とそんなことができるの!?

必死でかぶりを振ったが、半月のようなトリュフは唇にちょんと押し当てられる。

「甘いですよ」

「……っ……！」

その瞬間だけ、ありとあらゆる悩みが頭の中から吹き飛んでいた。

オルディスと一緒にいると、心臓が壊れそうなことばかりだ。

彼は変わっていないのに、いや、変わっていないからこそ、なのかもしれない。

最近はこんなとき、胸の高鳴りがいつまでも収まらない。

恐る恐る唇を開くと、トリュフがそっと押し込まれる。舌の上で甘くとろける感触は、オルディスの優しいキスに似ていた。

カフェを出ると、オルディスはノエを右腕に摑まらせて昼下がりの街を歩き始める。

「オルディスさま？　馬車を停めたのはあちらの方角では」

「もう少しゆっくりしていきましょう。せっかく天気もいいことですし」

本当はノエもまだ気分転換をしたかったから、ちょうどいい申し出だった。

通り沿いにはブティック、生花店、宝石店に時計商などが軒《のき》を連ねている。

美しい青空の下なのに、行き交う人々は皆、目の前のものしか見えていないふうだ。ある者は新聞を片手に、またある者は焼きたてのバケットを抱えて、あるいは幼子の手を引いて先を急ぐ。

レコンシオン家の居城から見ると王宮を挟んで陸側に広がるこの街は、商人と貴族が入り交じって栄える王国随一の繁華街なのだった。

「久しぶりです。街を歩くの」

レンガ敷きの沿道を歩きながら、ノエは懐かしさを嚙み締める。

「母が生きていたとき以来かも。かれこれ十一年ほどは、街歩きなんてしていないです」

「お母さまは十一年前に？」

「はい。流行病で、突然」

母マリーは、一言で表すなら明るい人だった。

社交の場では、背すじの伸びた品のある婦人。位の上下にかかわらず老若男女に好かれて、ともすれば周囲が敵ばかりになりかねない夫リーヴィエを支えていた。かと思えば、自宅ではその背を丸め、幼いノエと同じ目線の高さで話をした。沈むことのない太陽のような人だった。

「そういえば、最初に階段下の納戸に入ったときは母と一緒でした。おままごとのティーセットとお人形を持って……テーブルの下を家に見立ててごっこ遊びをするような感覚だったと思います」

「ごっこ遊びですか。それは楽しそうですね」

「父に叱られたときも、納戸に逃げ込めばいいって教えてくれました。困ったときはここに入れば大丈夫だって。そのとおりにすると、母がこっそり覗き窓からクッキーを入れてくれたりして。そんなの、居心地がよくないはずがないですよね」

「優しいお母さまだったのですね」

羨ましいです、とオルディスは言う。その目は少し虚《うつ》ろに見える。

（オルディスさま……）

尋ねようかどうしようか、迷った。

以前話をしたとき、彼は母親について触れなかった。ノエだって、迂闊に母親の話題に触れて気まずい雰囲気になるのが嫌で、避け続けてきた。けれど、今は――今ならば尋ねられるのではないだろうか。

「お……オルディスさまのお母さまは、厳しい方だったのですか……？」

　恐る恐る尋ねると、彼は遠くを見たまま、ふと笑う。

「厳しくも優しくもありませんでしたよ。ただ、僕を呪っていました」

「呪う、って」

「おまえさえいなければ自由になれたのに、と死に際に言われました。僕が疎ましくて仕方なかったのでしょう」

　死に際……ということは、彼を道連れにしようと腕を掴んだとき、に違いない。そんな言葉を遺されていたなんて、傷痕以上に壮絶だ。彼が自己を否定するのも無理はない。

（でも、自由というのはどういう意味……？）

　夫との仲がうまくいっていなかったのだろうか。息子さえいなければ離縁できると考えたとか。だが、子供がいたとしても離縁はできる。そんなに疎ましいなら、置いていけばいいだけの話だ。

　疑問に思いつつも、それ以上聞くことはできず、無言のままノエは沿道を歩く。

　やはり、気まずい空気になってしまった。しかし、聞かなければよかったと思うことだけはやめようと、自分に言い聞かせた。興味本位ではない。これは無実を証明するために必要な手順のうちだ。悔やむのは、目的をきちんと成し遂げてから。それまでは、ただ前を向き続けていなければ。

「……あのっ」

　ぱっと視線を上げ、ノエはオルディスの腕を引く。

「あっち！　あの角にある宝石店、覗いてもいいですか？」

　少しでも明るい雰囲気に戻したかった。彼はここまでノエを充分すぎるほど気遣ってくれた。これ以上、彼の気遣いに甘えていたくもなかった。

「見てください。あのイヤリング、オルディスさまの瞳の色みたいですよ。綺麗ですね！」

　はしゃいだふりをして、宝石店のショーウィンドウを覗き込む。

　メインの首飾りの左右に添えられているペリドットのイヤリングが、偶然にもオルディスの目の色によく似ていた。澄んで冴え冴えとした、黄みの強い緑色。

　出会ったばかりの頃は、綺麗すぎて見つめ返すのに勇気が必要だった色だ。この色の向こうに彼の本心が透けて見えたらと、願うようになったのはいつからだっただろう。

「僕の目ですか？　綺麗……でしょうか」

　しかし彼は半信半疑だ。

　訝しげな表情で、ショーウィンドウに映る自分の瞳を見つめる。

「よくある黄緑色の瞳だと思いますが」

「宝石みたいに綺麗ですよ！」

「そうですか？」

　顔色が変わらないのは、本気で己の美しさに気づいていないからに違いない。母親から教わりはしなかったのだろうか。あなたは特別美しい瞳を持っているのよ――と。

「では、僕の目をくり抜いて加工しますか。あなたの両耳から下げられるように」

「な……っ、おっ、恐ろしいことを言わないでくださいっ」

「僕は恐ろしくはないですが。あなたに身につけていただけるのなら、目のひとつやふたつ」

オルディスが言うと冗談に聞こえないからタチが悪い。

もうっ、とノエがその腕を引いて再び歩き出すと、彼はその目を細めて決まり悪そうに笑った。気を遣わせてしまって申し訳ない、というふうに。

そう口に出して言われないからこそ、柔らかな笑顔は胸に沁みた。

オルディスのこの優しさは、恋愛感情からではない。

ここまでくれば、恋に疎いノエでも思い知る。彼にとってのノエは、かしずくべき対象であって恋愛の対象ではない。ノエの想いは一方通行で、ノエが望む、迷惑をかけてもお互いさまと言える関係にはほど遠い。その望みが叶うのかどうかすら、わからない。

だが、オルディスはノエを誰よりも理解し、誰よりも高く評価してくれている。そのうえで、下僕になりたいとまで言ってくれた。

その姿勢は誠実で揺るぎなく、一途で、愛に比べても遜色ないほど尊いのではないか。

「……オルディスさま」

ノエは決意して、歩く足をゆるりと止めた。

路地の手前で、姿勢を正す。

「お願いがあります」

「なんですか、改まって」

「見せていただけませんか。オルディスさまが幼い頃、眺めていたという湖。できるだけ早く、明日にでも出発して」

打てる手はすべて打とうと思った。

本来あるべき調査報告書の控えが存在しない以上、崖の上の城にいても今以上の成果は望めない。そのうえ彼から聞き出すのも困難となれば、直接足を運んで調べる以外に無実の証拠を見つける方法はない。

たとえ想い返してもらえなくても、ノエは想うことをやめられない。ならばせめて側に居続けることを、命を護り庇えることを、誇りに思える自分でいたい。

じっと強い視線を向けると、オルディスは喜ばしげな顔をする。

「その目ですよ。僕をもっともぞくぞくさせるのは」

「え？」

「いいえ。かしこまりました。あなたの望みとあらば、どんなことでも叶えましょう」

そして斜めに体を屈め、ノエの唇を奪った。人々が行き交う往来にもかかわらず、ふたりきりでいるかのように。

「…………！」

すっかり油断していたノエは、咄嗟には悲鳴も上げられず真っ赤になって飛び上がった。

6. 淫らな小旅行

春らしい、うららかな日々が続いていた。

ノエとオルディスが旅立ったこの日も、空は澄み、どこまでも高く、まるで海の底にいるかのように錯覚するほど壮大で美しかった。しかし、

「……ん、オルディスさま、駄目、ですってば……っ」

車中のノエは車窓の風景を楽しむ余裕すらなかった。

左隣から腰に腕を回され、左耳に口づけられている。ちゅ、という淫靡な音にたまらず肩を揺らすと、編み上げた襟もとのリボンを解かれる。

「ノワズティエ嬢、こちらを向いて」

「っ、だめ……です。到着するまで、ドレスを乱すわけにはは……」

「途中、宿屋で一泊しますから。今から整えておく必要はありません。あなたがルージュを塗っているときも、必要ありませんと申し上げたでしょう」

「申し上げたというより、オルディスさまが邪魔をなさるから、上手に塗れなかったのではないですかっ。ヤっ、あの、宿屋の人たちに、不審がられますから……ね？」

そもそも、こんなに揺れる車内で何をしようとしているのか。街を出てからというものがたつく道が続いていて、会話すら危うい瞬間もある。それなのにオルディスは体を屈め、的確にノエの唇を奪う。

「ん、んんっ……」

その隙に、緩んだ襟から胸の膨らみをあらわにされた。

「……ふっ、ぅ」

誘った覚えはノエにはない。うっかり叩いてしまったとか、蹴り飛ばしてしまった覚えもない。だがオルディスは馬車が走り出して早々にノエの隣に移動し、ノエに触れ始めた。

夫婦揃って王に謁見してからというもの、オルディスがノエに触れたがる回数がぐんと増えた。跡継ぎについて尋ねられたことで、婿の役割を果たさねばならないことを再認識したのかもしれない。だが、何もこんなときまで励まなくても。

御者が気づいたらどうするのだろう。馬車の左右の窓のカーテンは出発以降、開いたままだ。抵抗しようとしたが、揺れが激しくてままならなかった。うっかり彼を叩きでもしたら、さらに火がつくことは容易に想像できる。

そうする間に彼の右手は背中側から回ってきて、ノエの右胸をふんわりと掴む。いつもと同じく優しい仕草なのに荒々しく揉まれているように感じるのは、やはり容赦ない揺れの所為だ。

「っは……、駄目です、っ。せっかくですから、外の景色を楽しみましょう？」

「僕の膝の上で、喘ぎながらご覧いただくというのはいかがですか」

しまいには、膝の上に担ぎ上げられてしまった。

「……っ、もう、オルディスさま……きゃあ！」

下着を剥ぎ取られ、向かいの席に向かって開脚させられ、さらにあろうことか左右から花弁をぱくりと開かれて、ノエは羞恥に震える。

「やめて……！　こんな、恥ずかしいです、っ」

誰かが前に座っていたら、すべてが丸見えだ。割れ目も、その内側も、少し後ろにある女の入り口も。

「おろして……ぇ」

「大丈夫ですよ。車内には僕とあなたしかいませんから」

骨ばった細長い指が、つうっと左右の花弁を撫でる。内側の粒をあえて避けて、焦らすような仕草に思わずびくっと腰が跳ねる。

「あ、あっ……オルディス、さまぁ……っ」

「ああ、可愛いですよ、とても。焦らされるのに弱い、素直な体が尊くてたまりません」

オルディスの声が恍惚としている。これまでの経験から言って、この声を発するようになったらもう彼は止められない。腹をくくって、一度その欲を発散させるしかない。

すると、がくん！　と馬車が大きく揺れる。

石でも踏んだに違いない。弾みで無防備な女芯を指先に弾かれ、思わず高い声が漏れた。

「ヤぁあ、っ」

いけない。声を上げては、御者に不審がられてしまう。慌てて、両手で口もとを覆う。

「心配いりません。風を切る音というのは、案外と大きなものです。御者の耳にあなたの声は届きませんから」

「そ、そう言われても」

「僕としてはその両手、ご自分の胸を感じさせるのに使っていただけると嬉しいのですが。僕は手が離せませんから、代わりに」

割れ目よりやや後ろを撫でられると、彼の指先がとろりと滑った。

いつのまに、こんなふうになってしまっていたのだろう。戸惑い震えるノエの蜜を、細い指が掬めとる。そして、先に弾かれた割れ目の中央の粒に直接塗りつけられる。

「ひぁっ……あ……！」

指は動く。小さな隠芽をくにくにと転がして。時折つまんで、軽く潰して。根もとから押し上げるようにしごく動作は、激しく揺れる車内でも乱れない。

「やあっ、ア、はぁっ……は、っあ、ぁ……っ」

「触れてください、ノワズティエ嬢。あなたのその、可愛らしい胸に」

「んぅ……ッあ、はぁ……でも」

「弄って見せて、僕をもっと欲情させてくださいませんか」

くっ、と指先を蜜口に浅く差し込まれたら、両手が勝手に乳房を摑んでいた。左耳の後ろで、思い通りとでも言いたげに微笑んだ気配がする。

「まずは指を食い込ませて。柔らかさを見せつけるように」

「んん……っ」

言われたとおり、膨らみに指を埋めるようにすると、蜜口の指がわずかに進む。

「ええ、お上手ですよ。とても色っぽくて、そそられます。次に、揉んでみましょうか」

「あ、っ……あ、柔らかい……」

柔らかすぎて、両手が乳房と溶け合いそうだ。

オルディスもいつも、こんなふうに感じているのだろうか。こんな気持ちで、ノエの胸に触れているのだろうか。

「きもちい……い……」

「そう。ならば先端も感じさせましょう。最初は撫でて、優しくつまんで、唾液を塗りつけて転がすのもいいですね。もっと気持ちよくなれるはずです」

素直に、胸の先端に触れる。指先で撫でたあと、色づいた部分をつまむ。

「……あ……」

両胸にじわっと甘い痺れが広がり、下腹部が疼く。すると秘所に差し込まれた指が中ほどまで進んで、そしてゆるゆると揺れ出した。

「いいですよ。興奮します」

「んぁ、あ……ッはぁ、は……っんん」

じゅくじゅくと卑猥な音を立てて、オルディスはノエの内側をかき混ぜた。

蜜は滴《したた》り、オルディスの脚衣を濡らしている。いけないと思うのに、止めかたがわからない。コルクの割れた瓶のように、次々と溢れてこぼれてゆく。

「ああっ……あ、オルディスさま……っき、て」

もっと、もっと奥まで。

達するには、まだ深度が足りない。振り返ってねだると、向かいの席に膝立ちでのせられる。

「背もたれに摑まってください。この先も揺れますから」

頷いてそのとおりにしたら、後ろから腰を抱かれた。素早く前をはだけた彼が、己を押しつけてくる。

「あ」

蜜口にあたる、硬く張り詰めきったもの。

「ん、ぅ……う」

先端の丸い部分を埋め込まれ、背すじが歓喜に震えた。

指とは比べ物にならない。大きさも、重みも、圧迫感も。

「あんん……っもっと、奥まで、止めないで、ぇ」

焦らされるかと思ったが、馬車の揺れに耐えかねたらしい。一気に奥まで突き込まれる。子宮の入り口にぐりぐりと先端を押しつけられると、喘ぐことすら忘れさせるような快感が全身を駆け巡る。

——嬉しい……繋がっているところ、溶けてなくなりそう……っ。

オルディスにとっては婿としての役割を果たすための行為だ。けれど、こうしている間だけは愛されていると思い込むことを許してほしい。

「はあ……っ」

「ノワズティエ……嬢」

するとオルディスの手首が、ノエの口もとをぐっと擦った。オルディスに邪魔をされながらもかろうじて塗ったルージュを、雑に拭きとるように。

「っふ……オルディスさま……？」

「これは……あなたには必要のないものです」

深々と蜜道に差し込まれた男のものは、出入りすることなくゆるゆると揺れる。摩擦がないぶん、揺れだけが体の芯まで伝わってくるようで、ノエはみるみる快感の淵へと追いやられた。

「あ、あ、もう、くる……っ」

ぐっと両手に力を込めると、結った髪をくしゃっと乱された。

「たとえ宿屋の主人でも、癪なんですよ。わざわざ、っ……美しく飾ったあなたを、披露するのは」

　ノエはもうすでに、目の前のことがわからなかった。どうしてオルディスがそんなことを言うのか、考えることすらできない。

　ひたすらに快くて、内壁に力を込める。強い圧迫感を、噛み締める。と、ぐりぐりと奥の奥を擦りながらより高く押し上げられた。

「あ、あ、あ」

　目の前がきらきらする。腰から下、全部が甘くて熱い――。

「……ッ、ノワズティエ、嬢」

　すると、珍しく彼のほうが先に果てた。

　行き止まりにそれを塗りこめられ、両胸を荒々しく揉まれて、ぞくぞくっと背が粟立つ。蜜道がひくついて少しも制御できない。そしてノエは腰を跳ね上げ、ついに限界を迎えた。

「ヤぁ、あ、あああ……っ」

　ビクビクと震える体を、力強い腕が支える。ノエが力尽きても座席から落ちないように、しっかりと。このために先に果てたのだと、わかったときには意識が遠のいていた。

　がたつく道は、まだ続いている。けれどもノエはオルディスの腕の中で心地よく眠りに落ち、しばし淡い夢の中にいた。

古城を改装した宿屋に一泊し、翌日は早朝からまた馬車に揺られた。

車窓は山から平地へと変化していき、ノエがヴゼットクルエル家の居城にたどり着いたのは出発翌日の晩だった。

「ようこそ、ヴゼットクルエル家へ」

そう言って迎えてくれたのは、長兄クリストフだ。ガーデンパーティーの日とは打って変わって、襟のないシャツと脚衣というくつろいだ格好をしている。

「遠い道のりだっただろう。さあ、上がってください」

「ありがとうございます。突然の訪問で申し訳ありませんが、少しの間、お世話になります。どうぞよろしくお願いいたします」

ノエは膝を折って、正式な礼をしてみせた。

外観からして歴史を感じる古城は、室内も荘厳だ。石造りの壁には先祖から受け継いだと思しき剣や斧、槍、紋章の施された盾などが飾られている。

応接間へ案内されると、やはりくつろいだ服装の次兄ヨハン、オルディスの父でありヴゼットクルエル家の現当主が待っていた。

「よくぞお越しくださいました。我が同胞レコンシオン家の若奥さま。ノワズティエさんとお呼びしてもかまいませんか？」

「もちろんです！　またお会いできて嬉しいです、お義父さま」

「こちらこそ、わざわざ足を運んでいただき恐縮です。何もないところですが、我が家のようにのんびりと過ごしてください。なにしろノワズティエさんは、うちの暇な三男を婿にもらってくださった恩人ですからね」

予想していたよりも、オルディスの父は物腰が柔らかかった。ヨハンが以前堅いというような話をしていたので、ノエはてっきりもっと厳しい人物だと思っていたのだが。

(よかった、厄介がられなくて……)

しかも、テーブルの上にはディナーの準備ができている。早馬で連絡をしておいたから、到着時間を予想して支度を整えてくれたに違いない。

クリストフに促され、ノエは当主の右斜め前の席に着く。オルディスとは向かい合わせで、右にクリストフ、そしてノエから見てオルディスの右にヨハンが座った。

「あーあ、俺も結婚したい」

食事が始まると、そのヨハンが会話を牽引《けんいん》した。

「なあ新妻ちゃん、婿を欲しがってる名家のお嬢様いない？　できれば公爵家、王家の令嬢……身分以外は俺、求めねえよ。この際俺を好いてくれなくてもいいからさ、誰か紹介してくれねえ？」

「おい、ヨハン。弟嫁に何を言う」

オルディスの父がたしなめる。

「世間一般では兄弟は上から順に片づいて、下の者たちの結婚を世話してやるものだろう」

「あのさ父さん、その前に子供の結婚相手を見つけるのは親の仕事よ？　それが叶わないから俺はこうして、わざわざ弟の奥さんに頭を下げてだな」

「その態度のどこが頭を下げたことになるんだ。まったくおまえときたら、礼儀というものがまるでなっとらんからなかなか相手が見つからんのだ！」

次男と父親の言い合いに、誰とはなしに笑い出す。オルディスの表情もいつもより柔らかい気がして、来てよかった、とノエは感じた。

ここでなら見つけられる気がする。彼の無実の証明に繋がるものを。

「なあ、ノワズティエちゃん。頼むよ。年下でも年上でもどんと来いだぜ、俺」

「これヨハン、いい加減にやめなさい」

「……あのう」

まだ続きそうな言い合いに、見兼ねてノエは割り込んだ。

「ヨハンお義兄さまには申し訳ないのですけれど、その、クリストフお義兄さまに嫁入りしたいと願う友人ならおります。それも、三人も」

「へえ、私に？」

右隣のクリストフも会話に乗ってくれた。

「ぜひ一度、ご挨拶をさせてもらえるかな」

「ええ、もちろんです。といっても、すでにご存じかと思います。先日のガーデンパーティーに出席していましたから」

しかし「あー、だめだめ」とヨハンが割って入る。

「兄貴の女を選ぶ基準、知ってる？　元気な子を産めそうかどうか、だぜ。はっきり言えば尻がでかいかどうかが判断基準」

「お……お尻、ですか」

「ま、オルディスのほうがずっとタチが悪かったけどな。どんな美女にも平等に笑顔。それも、めちゃくちゃ整った隙のない笑顔だ。会話もソツなく相手に合わせて、かと思えば実際のところ、誰にもまったく興味がない」

突然矛先を向けられたオルディスは、不自然なほど綺麗な姿勢でフォークとナイフを動かしている。

そういえば、とノエは思い出す。以前ふたりで趣味の話をしたとき、オルディスはノエが読書好きと打ち明けてから自身も読書が趣味だと言った。あれはもしかして、ノエに話を合わせただけ……？

「……オルディスさま……？」

心配になって見つめると、にこっと笑顔を返される。何も気にすることはありませんよと言わんばかりの微笑みだ。

その笑顔を興味深そうに見たのは、クリストフだった。

「それで、オルディス」

クリストフはくくっと喉の奥で笑って、テーブルの上に少々身を乗り出す。

「女性にまったく興味のなかったおまえが、どうしてノワズティエ嬢と結婚したいと思うようになったんだ？　私はそこのところを、そろそろ詳しく知りたいんだが」

そうだなと当主も言って、全員の視線がオルディスに集まる。ノエにとっても、それは気になって仕方のないことだった。

何故オルディスはノエと結婚しようと考え、それを王に願い出たのか。すると、オルディスはようやく手を止め、不思議そうに首を傾げた。

「むしろ僕は、何故クリストフ兄さんがそれを疑問に思うのかが疑問なのですが」

「うん？」

「ノワズティエ嬢の心根の美しさに触れれば、誰だって……。ああ、クリストフ兄さんも彼女の魅力に気づいていない側の人間でしたか。お可哀想に」

「……は……？」

クリストフはあからさまに眉根を寄せて、顎を突き出す。心底、理解不能とでも言いたげだ。一方オルディスは『可哀想』と言ったのに同情などさっぱりしていない様子で、満足そうに口角を上げて食事の続きを始めるから、ノエはいたたまれなかった。

いつもの、ずれた理屈をこの場でも展開するなんて。

「……新妻ちゃんさ、本当の本当に、この変人を婿にもらって後悔してねえ？」

引きつり笑いのヨハンからそう尋ねられ、愛想笑いを返すだけで精一杯だった。

翌日、早朝のことだ。

「もうひと息です。あと数段のぼれば、景色が開けますから」

ノエはオルディスにお願いし、さっそく例の塔に案内してもらった。

「はぁ……っ、あと、数段……」

「相変わらず、あなたの息切れは神聖ですね」

「ど、どうしてオルディスさま、そんなに涼しい顔をしていられるんですか……っ」

「体力には自信があるんですよ。クリストフ兄さんの下で、軍人さながらの鍛え方をされましたから。体質なのか、目立つほど筋肉はつきませんでしたが」

ノエは呼吸するので精一杯で、それ以上は何も言えそうになかった。

塔は城よりずっと高いのに、部屋と呼べるのは最上部のワンフロアしかない。そこにたどり着くまで、何百段あるのか予想もつかない螺旋《らせん》状の階段をのぼり続けねばならないのだ。

「わあ……！」

しかしその苦労は、目的地に着いた途端に吹き飛んだ。

ぐるりと開けた景色に、見渡す限りの緑。手の届きそうな雲。そよ風に誘われて振り向けば、遠くにきらめく緑の鱗《うろこ》のようなものを見つける。

「綺麗……！　海とは全然違う色！　ね、オルディスさま、あれが湖ですか!?」

「ええ」

「あっ、地平線がくっきり見えますよ。水平線よりでこぼこしてる。ちぎり絵みたいっ」

興奮のあまり柵から身を乗り出すノエを、オルディスは慌てて止める。

「危ないですよ！　ここは二十五年前、母が嫁いできた年に建てられた塔なんです。手入れもされていませんし、どこがどう脆くなっているか」

しかしノエは興奮せずにはいられなかった。

生まれてこのかた、ノエは海のない景色というものをほとんど見た経験がない。父が粛清屋という役割を担っているため、二日と王宮から離れることはできず、旅行をするなどもってのほか、城下街より内陸に足を運んだ経験すらなかった。山も湖も本の中で見るばかりで、まさかこの目で直に眺められる日が来るとは夢にも思っていなかったのだ。

「オルディスさまっ、鳥！　渡り鳥が下に飛んでます！」

「ノワズティエ嬢っ」

「わたし今、オルディスさまが幼い頃に眺めていらした風景を目の当たりにしているんですよね。夢ではないのですよね、ね！」

オルディスと一緒だというのが、興奮に拍車をかけていた。父も母も連れてきてくれなかった場所に、彼が連れてきてくれた。夢でないのなら、まるで魔法みたいだ。

腰を後ろから抱く腕に体を預けて、なおも空に手を伸ばす。爽快というのはこういうことを言うのだろう。風に乗って、どこまでも飛んでいけそうな気分だ。

「オルディスさまの記憶に触れてる気分……！」

ノエがそう言って緑の匂いを胸いっぱいに吸い込むと、オルディスがぐっと言葉に詰まった。一間置いて、背中にことんと額をのせられる。

「……もう、どうしろと……」

オルディスらしからぬ、弱った声だった。

「オルディスさま？」

振り返って、ノエはそこに今まで見たこともない表情を目にする。かすかに染まった頬に、揺れ動く瞳。片手で隠した口もとに表れているのは、照れだろうか。

「見ないでください……自分でもおかしな顔をしていると承知しています……」

「おかしくなんてないです！」

そっぽを向かれそうになったから、胴に抱きついて制止した。もっと見ていたい。だって、いつもよりずっと人間らしい表情だ。

「とっても素敵です。いつもの涼しげな表情も綺麗で素敵ですけど、わたしは今のそういう表情のほうが好きです。もっと、そういう顔を見たいですっ」

興奮ぎみに訴えると、斜め上の弱り顔はさらに弱る。何かを言おうとして、開きかけた唇から言葉が発せられることはなかった。

すっと間近に迫る、泣き笑いの黄緑色の瞳。

そして唇は、柔らかく重なった。吹き過ぎるそよ風のように、穏やかに連なる優しいキ

スだった。

「……あなただけですよ。僕をこんなにも狼狽《ろうばい》させられるのは」

特別だと言われているようで、胸がときめいたことはオルディスには秘密だ。

「ああ、とても現実とは思えません」

人心地ついたように息を吐き、オルディスは言う。

「僕が幼い頃から何気なく見続けた風景に、あなたの姿があるなんて」

それから遠い山並みに視線を投げ、ぽつりぽつりと語った。

森の向こうに国境があること。この凪は、国境付近からやってくること。かつて国境が戦火に覆われたとき、城にも無数の煤《すす》が舞い届いたと言い伝えられていること――。

そうするうちにノエは気づく。

湖を望む方角。手すりの下の石壁に、なにやら白い模様があることに。

近づいて見てみると、それは浅く彫られた絵のようだった。

左にひとり、椅子に座った人の形。その人の足もとに跪く、三人の人の姿。椅子に座った人物の頭上には光さす王冠の印も描かれている。

「……これは」

「ああ、それは兄たちが彫ったものです。僕が六つ、七つの頃だったと思います。僕たち家族の絆を刻んで、記念碑にしようとクリストフ兄さんが」

記念碑――。

ノエはその絵に指先で触れる。

家族の絆と言うなら、跪いた三人はオルディスたち兄弟に違いない。そしてこの椅子に座った人物は……王だろう。ともに忠誠を誓い、国境を護ろうという誓いに見える。

（これって、無実の証明にならないかしら）

今になってこの手の行動をとるなら疑わしいことこのうえないが、幼い頃だ。物心ついた頃からすでに王への忠誠心が根づいていて、今もまだ消されることなくここに刻まれているのだから、信用に値すると王も考えてくれるのではないだろうか。

この日、ノエは理由をつけてもう一度塔にのぼり、こっそりとこの絵を写し取った。紙を当てて木炭を擦りつけ、そっくりそのまま転写したのだ。

持ち帰り、王に提出する。

まずはひとつ小さな証拠を得られたとノエは息を吐いて、見下ろしただけで気が遠くなりそうな螺旋階段を駆け下りていった。

7. やきもち

滞在三日目にして、ノエはやっとオルディスの部屋を訪れることができた。見てみたいと初日から熱望していたのだが、オルディスにとっては少々照れくさいらしくなかなか案内してもらえなかった。他の部屋をほぼ見学し終わって、ようやく通してもらえたのだ。

彼が結婚し、家を出るまで生活していた部屋だ。予想していたより明るく広さもある角部屋は、続き部屋として書庫まである。跡継ぎにのみ過ごしやすい部屋が与えられるのが一般的な国内において、これは破格の好条件だった。のだが……。

「すっきりしてますね。ものすごく」

室内にはベッドとソファア、かろうじてベッドサイドにチェストがあるだけ。広々とはしているが、正直、客間のようによそよそしい。

「面白くないでしょう」

オルディスはシャツにベストを羽織った簡単な服装で、ノエを振り返る。

「婿入りに際して、私物はほとんど処分してしまいましたから。もともと物に執着はなかったので、たいしたものは所有していませんでしたが」

「……しょ、処分……」

そうだ。彼はもうこの部屋の住人ではないのだ。引っ越し前ならいざ知らず、この空っぽの部屋で無実の証拠を集めようというのは無理がある。

婿入り前の持ち物を処分していることなど、少し考えればわかったはず。それなのに、そこに望みをかけていたノエは肩を落とさずにはいられない。

（あとはこの城の中、どこを探したらいいのかしら）

ため息をついたら、吸い込んだ息からなんとなく、オルディスの匂いがした。結婚前、彼の衣類からふわっと香っていた、知的で優しい匂い。

「……オルディスさま、ずっとこのお部屋で暮らしていらしたんですよね？」

「はい。赤ん坊の頃から」

「わたしに初めて声を掛けてくださった、あの社交界デビューのときも」

「途中宿屋に立ち寄りはしましたが、この部屋から出発してこの部屋に戻ってきました」

「月を一緒に眺めた日も」

「もちろん」

想像すると、オルディスという人間の舞台裏を覗いているようで気持ちが浮き立った。

架空の人物のように考えていたわけではないが、オルディスにはわからないところが多すぎる。結婚してから少しは打ち解けたとは思うが、そもそも出逢ってからまだ一年も経っていないのだ。

「ふふ。わたしが夜会のことを思い出してオルディスさまのことを一晩中考えているとき、オルディスさまはここにいらしたというわけですね」

思わず笑みがこぼれる。過去の彼が脳裏に浮かぶだけで、嬉しい。

するとオルディスは、意外そうに目を丸くした。

「僕のことを考えてくださっていたのですか？」

「え？」

「側にいないときでも、あなたの心に僕がいたと……受け取ってもよろしいのでしょうか」

頷こうとして、ノエはかあっと頬を赤らめる。

一晩中考えていたなんて、ずっと恋い焦がれていたと打ち明けたようなものだ。もちろん間違いではない。結婚前から恋はしていたわけだし——とはいえ、だからこそ。

「……あ、あのっ、いえ、その、か、勝手に想像するなんて、わたし、大変な失礼を」

できればオルディスには、まだこの気持ちを知られたくないとノエは思っていた。

オルディスがノエに傾けている感情は、信奉だ。それも、度がすぎるくらいの。ノエの好意を知ったら、余計に気を遣うに違いない。

やっと打ち解けてきたのに、新たな壁を作りたくなかった。

「お、オルディスさまには、わたしのことを思い出している暇などなかったですよね。わたしばかり時間を持て余していたみたいで、お恥ずかしいです」

するとオルディスは、衣擦れの音だけを立ててノエに向き直る。

「……僕が、あなたを思い出さなかったとお思いですか」

「え」

「離れている間も、僕の胸の中には常にあなたがいらっしゃいましたよ。どうしてでしょうね。そう理解していただけていなかったことが、今、とても不本意です」

二の腕を引っ張られ、数歩後退させられると、踵が何かに行き着いた。体がバランスを崩し、仰向けに傾く。

「きゃ」

そしてノエは背中から、ベッドの上へと倒れ込んだ。

オルディスはベッド脇に立ったままノエを見下ろし、ノエの白く細い両手を取る。そして体を屈め、ノエの手の甲に唇を寄せた。うやうやしい仕草にはいつになく熱が込められているように感じられて、目の前がちかっとする。

「オル……ディスさま」

呼んだときには、真上から見下ろされていた。顔の左右に彼の手が置かれ、次の瞬間、彼の唇は吸い寄せられるように落ちてきた。

「ん……っ」

途端、ノエはびくっと顎を引く。

オルディスの唇が乾燥していて、引っかかるような痛みが一瞬あったのだ。

察したのか、オルディスは唇を離す。額と額をくっつけて、視線を絡ませたままぺろりと己の唇を舐める。

(あ……)

そうして重ね直された唇は、思いやりの塊のように優しいから切なかった。

結婚前から常に胸の中にいたなんて、言わないでほしかった。ノエのそれとは意味合いが違うだろうに。下僕として主人を慕う気持ちだろうに、まるで同じように想っていたみたいに言わないでほしかった。

「ん、ふ……ぅ」

苦しい気持ちを余計に追いたてるように、口づけはみるみる深くなる。

どうして心は取り出して見せられないのだろう。好きと伝えられなくても、せめて、ここにこんなにオルディスを想う気持ちがあることを知っていてもらえたら。そうしたら、少しは楽になれるだろうに。

こくりと喉を鳴らすと、毛先に指を通してすうっと梳《す》かれた。ノエがかすかに身震いすると、コンコン、と扉を叩く音が室内に響く。

「オルディス、ここにいるのか?」

長兄クリストフの声だ。

「急用だ。入るぞ」

「……！」

ノエより早くオルディスが動いた。体を持ち上げノエを抱き起こすと、ノエの紅潮した顔を隠すように立つ。

扉が開きクリストフが姿を現したのは、その直後だ。

「ああ、オルディス。先ほど王宮から連絡があったんだが」

そう言ったクリストフは、ぴたりと足を止める。ふたりの不自然な立ち位置に、すぐさま事態を察したらしい。

「……すまない。いい雰囲気を壊したか」

ノエはオルディスの背に隠れつつも、一気に頬を火照らせる。ああ、知られてしまった。よりによって、真面目なお義兄さまに。恥ずかしすぎて、全身が発火してしまいそう。

しかしオルディスはやはり涼しい顔で、クリストフに視線を向ける。

「王宮で何か？」

「ああ。末姫さまの結婚についてだが、輿入れが来月に決まったと王室から公式に発表があった。末姫さまもついにお覚悟を決められたようだ」

カミーユ姫の結婚というのは、以前ガーデンパーティーでも聞いた話だ。確か、海の向こうの国に嫁ぐとか。ほかに想う相手がいて、部屋に閉じこもっているとか。

するとクリストフは、封筒の束をオルディスに放る。

「おまえが婿に行ったあと、ヴゼットクルエル家に届いたおまえ宛ての手紙だ」

盗み見るつもりではなかったが、それがオルディスの手に受け止められる瞬間、封蝋に押された王家の紋章とカミーユの署名が見えた。

途端に心臓が嫌なふうに打つ。考えたくないのに、嫌な想像が頭を駆け巡る。やはりカミーユの想い人はオルディス……？

ノエが不安げに考え込むのを、オルディスは即座に察したらしい。振り返って、やはりといったふうに息を吐く。

「……怨みますよ、クリストフ兄さん。これは、彼女の目には一生触れさせないつもりでしたのに」

「なんだ。夫婦の間に隠し事があるのか？」

「自分の行動を正当化しないでください。まったく、こうなっては明かさないほうが彼女の不安を煽るではないですか」

それから封筒を一通開封し、便箋をノエに見えるように広げた。そこに記されていたのは――オルディスへの愛の言葉ではなく、ノエを呪う文言だった。

「ひ……っ」

呪い殺してやる。ばらばらに引き裂いてやる。この世から跡形もなく消してやる。

恨みつらみのこもった文字は、力んだ筆跡だけで見る者を圧する邪悪さがある。

「ど、どうして、カミーユさまが、こんな」

「オルディスへのお気持ちが、思いのほか本気だったようでね」

厄介そうにクリストフは言う。

気性の荒い性質だということはノエも知っていたが、ここまでとは。いや、気位の高いカミーユのことだ。オルディスにすげなくされたことより、そのオルディスが選んだのが自分よりはるかに目立たず地味なノエだったということこそが、気に障ったに違いない。

「僕の頬を叩いたくらいでは、末姫のプライドが許さなかったのでしょう。このようなものがレコンシオン家に届いていると、リーヴィエ殿からお聞きしたのは挙式当日です。万が一にもあなたの目に触れぬよう、レコンシオン家に届いたものは僕が密かに処分していたのですが……まさか、実家にまで届いているとは」

そう言ってオルディスが便箋を封筒に戻すのを見て、ノエはどこか見覚えのある光景だと思う。以前も、彼のこんな仕草を目にしている――。

そして、はっとした。

「結婚式の翌朝、オルディスさまがお父さまの書斎で見ていたのって」

「ええ。式のあと、リーヴィエ殿から『書斎に置いておくから目を通してほしい』と耳打ちされたのです。あなたが廊下から様子をうかがっていることには気づいていましたが、お伝えすれば怖がらせてしまうのは目に見えていましたから、黙っておくよりほかなく」

「そんなことが……」

「心配はいりません。何があっても僕がお守りいたしますから」

オルディスがノエの両肩を摑んで言うと「くれぐれも気をつけろ」とクリストフから念を押される。

「あの末姫さまのことだ。輿入れの覚悟をお決めになったからといって、おまえを諦めたとは限らない」

「もちろん、承知しています。警戒を解くつもりはありません」

短い返答を背中で聞き、長身の長兄は部屋を出て行く。しかし扉を閉めきる直前、その隙間から愉快そうに「オルディス」と呼ばれた。

「おまえにも人並みに性欲ってものがあったんだな。安心した」

ぱたんと扉が閉まって、ノエはオルディスと顔を見合わせる。

なんだか気まずいような、でも喉の奥の小骨が取れたような。初夜の翌朝の出来事の真実がわかって、胸にわだかまっていたものがすうっと消えた気分だ。

「ありがとうございます、オルディスさま」

先に口を開いたのは、ノエだった。

「オルディスさまはわたしの知らないところで、わたしを守ってくださっていたんですね」

「……結局、知られてしまいましたが」

「知ることができてよかったです。だって、感謝できますから」

笑いかけると、オルディスに申し訳なさそうに微笑み返された。それから、ちゅっ、と額に口づけられる。先刻までの熱っぽい口づけが夢だったかのように優しい口づけだ。

物足りないと言ったら、欲張りだと思われるだろうか。

「そういえば、いざとなるときちんと隠してくださるんですね、オルディスさま」

「え？」

「ほら、以前、納戸にいるのを見られそうになったとき、おっしゃっていたではないですか。ばれてしまえば良かったのにって。だからわたし、もしかしたらって」

クリストフが部屋に入ってきても口づけをやめてもらえないかもしれないと、一瞬思った。兄の前でだけは恥ずかしいということなのだろうか。

するとオルディスは、意外そうに目を丸くする。

「そういえば、そんな話もしましたね」

「しましたね、って、忘れていらしたんですか」

「いえ、……すみません。あなたと交わした会話を忘れたわけではないのですが、まるで、遠い昔の出来事のようで……このところ、街へ出たり二日がかりで移動したりとめまぐるしい日々だった所為でしょうか」

そう言って、一息ついてから続ける。

「もう何か月もあなたと過ごしてきたようで、あなたとの距離が、あのときより近くなった気がして。この距離で見られる表情を、すべて独り占めしていたいと咄嗟に思ってしまったのです。贅沢な話ですね」

「そんなことないです！」

距離が近くなった、というのはノエも感じていることだった。ヴゼットクルエル家にやってきて、今まで見たことのなかった表情も見られたし、彼が幼い頃から見続けてきた風景にもたくさん触れた。もう何か月も一緒に過ごしてきた気がするという彼の言葉は、的を射ていた。

「わたしも、独占していたいです。オルディスさまのこと」

「可愛らしいことを言ってくださるのですね。ですが、あなたが望むと望まざるとにかかわらず、僕はもうすでにあなただけのものですよ」

下僕だからそう言うのだとわかっていても、ノエの胸は高鳴った。

「続きはまた夜、落ち着いてから仕切り直しましょう」

乱れきった衣類を整える仕草は、少々不本意そうだ。そこには主従では説明できない熱情が見え隠れしているようで、ノエはあえて視線を逸らした。きっと気の所為だ。余計な期待はしたらいけない。


「ではノワズティエ嬢、少々玄関でお待ちください。遠乗り用の馬を連れてまいります」

八日目、ノエはオルディスに森へ連れて行ってもらうことにした。幼い頃はよく三兄弟で森の中を駆け回ったと聞き、ならばと繰り出すことにしたのだ。

(もはや、これ以上探す場所もないのだけれど……)

収穫はまだ、塔の上で写し取った絵以外にない。もっと有力な証拠を見つけなければ、オルディスはいずれ崖の下だ。

——とにかく、できることはすべてしてみるわ。

じっと立ってオルディスを待つことすら悠長に思えて、ノエは階段ホールを振り返る。

すると大階段の踊り場に飾られた、当主の肖像画と目が合った。今よりずっと若い彼の姿は、クリストフとヨハン、どちらにも通じる華やかさを持っている。その肖像の隣には別の絵が飾られていたとわかる四角い跡があって、ノエはふと思い出した。

「そういえば……」

ラックと一緒に届いた木箱の中に、キャンバスが入っていた。オルディスの母親と思しき女性が描かれていたものだ。

あの絵を額装すると、この壁の跡と同じくらいの大きさになりはしないか。

「そこに掛けられていた肖像画なら、このあいだラックの荷物につめて送ったよ。いつまでもこんな目立つ場所にあったら、親父の未練を煽るだけだからな」

真後ろから話しかけられて、ノエは飛び上がった。

「ヨハンお義兄さま！」

いつからそこに。扉が開閉した気配はなかったはず。するとノエの疑問を読み取ったかのように「廊下の先に隠し通路があるんだよ」と得意げな声で言われた。

「古い城にはたいがいあるだろ？　悪党が入り込んだときに逃げるための通路とか部屋とか。埃っぽくならないように、たまに使うんだよ。それに、男は神出鬼没のほうがミステリアスでいいしさ」

「……は、はあ」

ヨハンのいい男基準は少々ずれている気がする。やはり彼も、オルディスの兄だ。血は争えない……などと考え始めて、ノエはすぐに姿勢を正した。

「あのう、ヨハンお義兄さま、お聞きしてもよろしいですか？」

「俺の恋人の有無とか？」

「いえ、オルディスさまについてなのですけれど」

「……新妻ちゃん、本当にオルディスしか見えていないよな」

甘い顔立ちは呆れ顔でもやはり甘い。

すみませんと肩をすくめつつも、ノエはオルディスの居ぬ間にと問いかける。

「知りたいのです。オルディスさまがどんなふうに育ったのか、お母さまはどんな方だったのか……幼い頃から王に忠誠を誓っていたのか、とかも」

「それ、本人に直接聞いたほうが早いんじゃねえの？　兄弟から又聞きするよりさ」

「……オルディスさまが話しにくそうだから、気になってるんです」

その途端、肩を抱いて引き寄せられてノエは体を硬くする。いくら兄弟とはいえ、オルディス以外の男性に触れられることにはたまらない抵抗感があった。さりげなく抜け出そうとすると、顔を近づけて小声で言われる。

「あんた、まさかオルディスからまだ何も聞いていないのか」

「な、何も、って」

「俺たち兄弟の身の上だよ。匂わせるような話すらされていないのか」

何を言われているのかわからない。間近にある鬼気迫ったその表情に、ノエは戸惑いながらかぶりを振る。

「本当に？」

「……ほ、本当、です」

「何を考えてるんだ、あいつ。粛清屋は同胞のはずだろう」

同胞？　どういうこと？

ばくばくと鳴る心臓に耐えて固まっていると、ふいに玄関の扉が開いた。オルディスだ。

慌ててヨハンから離れたが、オルディスがあからさまに眉根を寄せたから焦らずにはいられなかった。

「あ……あの、オルディスさま」

オルディスがこれほどわかりやすく不快感をあらわにするのは初めてだ。

誤解されただろうか。いや、誤解されたとしても話せばきちんと聞いてくれる。今までだって、彼はノエの話にいつも真摯に耳を傾けてくれた。

ノエはそう思ったのに、つかつかとやってきたオルディスはノエの二の腕を強く摑んだ。

「え、あ」

無言のまま、強引に玄関から引っ張り出される。ヨハンが焦って何か言おうとしたが、後ろ手に閉められた扉にあえなく遮断された。

連れて行かれたのは、厩から連れてきたらしい馬のもとだ。横抱きにされ、馬上に担ぎ上げられる。

「きゃ」

直後にオルディスが後ろに跨がると、馬は弾かれたように駆け出した。荒々しく土を蹴る音が響き、乱暴な揺れがノエの体を跳ね上げる。速度はみるみる増していき、ノエにできることはオルディスの胴にしがみつくだけだった。

「や……っ」

ごうごうと吹き過ぎる風の音も怖い。振り落とされそうだ。こんな速度で駆ける馬の上から落ちたら、無事ではいられない。想像すると恐怖で奥歯が震える。それなのに、オルディスは馬を止めようとはしない。

――どうして。

これまでのオルディスは、何があろうとノエの気持ちを最優先した。己の感情を抑え込み、ノエを本気で怖がらせるようなことはしなかった。それなのに。

「……っ」

まるで別人みたいだ。いや、違う。こんなふうに変貌した彼を、ノエは知っている。

そう、あのガーデンパーティーの日。襲いかかってきた鷹を、彼は冷酷に叩きのめした。

「いや、オルディスさ、まっ……」

ノエの心までかき乱すように、馬は乱暴な足取りで駆ける。雑な浮遊感と風圧で、もはや目を開けてもいられない。

「オルディス……!!」

祈るような気持ちで叫び、両腕にありったけの力を込めた。目を覚ましてほしかった。

残虐な一面を持っていたとしても、オルディスはオルディスだ。優しくて穏やかな性格が本性だ。ノエはそう信じている。

すると手綱を握る手のこわばりが緩み、馬の速度が落ちていく。

「……は……」

ようやく息がつけたと、安心したのも束の間だった。

馬から引きずり下ろされ、野原の上に押し倒される。

「な、何を……っ、ん！」

唇を強引に奪われ、ドレスの襟もとを引き下ろされると、肩が露出して草花に触れひやっとした。強引な仕草には、迷いがない。

「んむ……っん、んん……っ」

どうしたら正気に戻ってくれるだろう。

このまま勝手を許せば、彼の気は済むだろうか。いや、それでは我に返ったとき、オルディスは己を責めて苦しむに違いない。下僕の立場を主張していながら、かしずくべきノエを虐げるなんて行為、心の奥底では望んでいないはずだ。

もともと自分を卑下している彼を、さらに貶めることに繋がりかねない。

「ふ……っ」

乱暴なキスからどうにか逃れる。強い瞳でオルディスを見つめる。

「お願い、やめて」

命令はしたくなかった。彼のためにも、彼自身の意思でこの暴挙をやめてほしかった。

「こんなの、少しもあなたらしくない……！」

ノエの愛するオルディスは、こんなに気性の荒い人間ではない。冷静で、誠実で、そしてなによりノエを大切にしすぎるくらい大切にする、思いやりのある人だ。

するとオルディスは、ゆるりと動きを止める。ぜんまいが止まる、機械人形のように。

「僕らしい……？」

摑まれていた手首を放されると、そこにどこからか朝露がぽたっと滴り落ちた。

「あなたにとっての僕らしい僕というのは、どんな僕ですか。僕は、わかりません。僕がどんな人間なのか。欲しいものも成したいこともなかった。あなたに、出逢うまでは」

泣いているのかと、ノエは思った。

けれど泣くどころか、彼の瞳には感情の発露さえほとんどない。

「あなたは毒のようです」

「毒……？」

「あなたが与えてくださる感情は、苦しみさえどこか甘い。気づけば心を奪われて、あなたを独占することだけしか考えられなくなっている。こんな——こんなはずではなかったのに」

平坦な声のところどころに垣間見えるのは、葛藤だろうか。

虚ろなようで、彼は確かに自問自答し、その心は揺れていた。それは答えを知らないから生まれる揺れではなく、本当は答えがわかっているからこそ直面するもつれのように感じられた。

「オルディスさま」

放っておけない気持ちが湧き上がり、ゆっくりと、彼の頬に手を伸ばす。

「……あなたは」

その感情を受け入れたいの？　それとも、否定したいの？

ノエがそう問いかけようとしたときだ。

パキッ、と枝を踏みしめる音がする。それも、四方八方から。素早くオルディスが体を起こすと、ふたりを囲むように人影が集まってきた。

賊かと思いきや、使い込まれた様子の甲冑には敵国の王家の紋章が刻まれている。

ここはヴゼットクルエル家の領地のはずだ。どうして敵国の軍人が。

「おい、女がいるぞ」

「年齢はどうだ」

「残念だが、若すぎる。我らが取り返すべき方ではない。子供である可能性はないこともないが、種はこちらの国の王に忠誠を誓う男のものだからな。連れ帰っても喜ばれはしないだろう」

何の話をしているのだろう。どくどくと心臓が鳴り、深く考えられない。

「ひとまず、捕虜にしろ。女だけでなく、綺麗な顔の兄ちゃんもだ」

ぞろぞろと寄ってくる、屈強そうな男たち。気配だけで圧されそうで、ノエの喉がひゅっと鳴る。対するオルディスの手は冷静に、腰にさげた刀身長めの剣に向かう。

「ノワズティエ嬢、馬を操れますか」

小声で問われ、ノエは震えながらかぶりを振った。

「ひとりで逃げろという意味でしたら、答えは『いいえ』です……っ」

怖くても、オルディスを置いてひとりで逃げるという選択肢はなかった。そもそも馬など跨がることも操ることもできはしないのだが、できたとしても、だ。

「……そうですね。あなたは、そういう人でしたね」

オルディスは口角だけを上げて、言う。その声には、好ましそうな気配があった。

「では体を伏せて目を閉じ、耳を塞いでいていただけますか。必ずお守りしますから。どうか、僕が肩を叩くまで僕を信じて待っていてくださいませんか」

「おい、何をごちゃごちゃと」

男の手が、ノエの肩に伸びる。その瞬間、オルディスの剣が素早く遮る。

それは、一瞬の出来事だった。

「――汚い手で妻に触れるな」

妻。オルディスは確かに、ノエを妻と呼んだ。

直後に彼が立ち上がったから、ノエは何も考えずに身を屈めた。そして耳を塞ぎ、あとは何も感じないように努めた。地面を叩く重い衝撃も、塞いだ耳にもかすかに聞こえる剣呑な金属音も、恐怖に繋がる音はすべて聞こえないものと己に言い聞かせた。

――大丈夫。絶対に、大丈夫。

震えは止まらなかったが、気持ちは不思議と落ち着いていた。ノエもともに剣を握って、立ち向かっている気分だった。

「……お待たせいたしました」

やがて肩を叩かれ、振り返って、ノエはすぐさま彼の胸に飛び込む。返り血を浴びた姿は恐ろしかったが、触れたい気持ちのほうがまさった。

「ご無事で……良かった……っ」

抱き返してくる腕が、かすかに震えている。激しい剣戟《けんげき》の影響か、発散しきれない怒りの所為か。どちらにせよ受け止めていたくて、すべてが大切で、離れたくなくて、ノエはオルディスの背中に腕を回しぎゅうっと力を込めた。

野原をわたる風のざわめきだけが、一帯に響いていた。

8. うそつき

ノエはまだヴゼットクルエル邸でオルディスについて探っていたかったのだが、そう悠長にもしていられなくなった。遭遇した敵国の軍人たちを、オルディスが残らず始末してしまったためだ。

生き残りが逃げ帰ったわけではないので、すぐさま敵国に知られはしないだろう。しかし末姫の嫁入りが発表された直後に、この事件だ。数日以内に国境付近が緊張状態に陥るのは必定で、ふたりは急ぎ荷物をまとめ、その日のうちにレコンシオン邸へ向けて出発することになった。

「心配すんなよ。俺がついてるからさ」

旅路には、ヨハンが馬で同行した。万が一のための護衛だ。

あんなことがあったばかりでオルディスは嫌な顔をするかと思いきや「よろしくお願いします」とヨハンに頭を下げた。ノエの安全を第一に考えたからに違いない。

ただ、ヨハンは馬上から馬車内のノエたちに頻繁に話しかけてきて、そのうえ途中立ち寄った宿屋でも三人同室だったので、ノエがオルディスとふたりきりになる時間はなかった。

本当は、ノエにはオルディスに尋ねたいことがあった。

彼が抱える葛藤や、あのとき豹変した理由、そしてノエを妻と呼んだこと——。

（わたしの聞き違いでは、ないのよね？）

しかし尋ねる間のないまま馬車は進み、時が過ぎるにつれ聞きにくくなっていって……

三人は翌日の晩、無事に崖上の居城にたどり着いたのだった。

「ノワズティエ！」

先だって早馬で連絡を受けていたリーヴィエは、馬車が着くなり転げるように城から飛び出してきた。

「大事ないか、ノワズティエ。敵国の軍人に遭遇したとか」

「ご心配をおかけして申し訳ありません、お父さま。見てのとおり、わたしは無事です。オルディスさまに護っていただきましたから。それと、道中はヨハンお義兄さまもいてくださいましたし」

ノエの言葉で、リーヴィエはヨハンにようやく気づく。「おお」と彼の手を取った。

「ありがとう。わざわざ遠方まですまなかった。今夜は泊まっていってくれるな？」

「もちろん。こんな大海原が望める城、そうそう縁がないからな」

ヨハンはいつもの横柄な態度だ。ヴゼットクルエル家の当主が知ったら、激怒するに違いない。リーヴィエも多少はむっとするかと思いきや、まったく気に留めぬ様子でオルディスを振り返る。

「娘を護ってくださったこと、深く御礼を申し上げる」

膝をついて頭を下げようとするのを、オルディスが止めた。

「いいえ、当然のことをしたまでです。それに、もとはと言えば僕が彼女を森へ連れて行った所為ですから」

そうして城に入っていく彼らを追いつつ、ノエは胸もとを両手で押さえる。かさ、と紙の擦れる音がかすかにする。そこに忍ばせてあるのは、ヴゼットクルエル家から、唯一持ち帰ることのできたオルディスの無実の証拠――塔の上にあった絵を写し取ったものだ。

(できるだけ早く、陛下に報告しに行かなくちゃ)

これだけでは、証拠としての説得力が足りないことはわかっている。

だがカミーユ姫の結婚が近づくにつれ、王の時間は当然公式行事に割かれるはずだ。さらに国境付近が物騒になれば、気軽に謁見を申し込むことなどできなくなる。すると、ノエから何の報告もないことでオルディスに対する王の疑いは強まってしまうかもしれない。

そうなる前に報告して、オルディスの身の安全を確保しておきたかった。

すると翌朝、好機がやってきた。

ラックがオルディスから離れなくなったのだ。

崖上の城へやってきて間もないのに、もっとも心を許しているオルディスにまたもや置いて行かれたのがよほどこたえたのだろう。金輪際置いていかせないとばかりにオルディスに縋る姿は、ノエに早々の行動を決意させた。

「オルディスさま、わたしこれから陛下に謁見をお願いしてきます」

「今からですか」

「はい。少々お話ししたいことがあって……」

「でしたら、僕も一緒に参りましょう」

「いいえ。オルディスさまはラックと一緒にいてあげてください。昨日の今日でまた置いていったら可哀想です。陛下には、わたしがオルディスさまのぶんまでご挨拶申し上げておきますから」

「ですが」

「では、こう言いましょうか。オルディス、今日はラックと一緒に留守番をなさい。これは命令よ」

「……ノワズティエ嬢」

だが、今日に限ってオルディスは諦めようとしない。もしかしたら、カミーユ姫からノエが危害を加えられることを心配しているのかもしれない。とはいえ王宮内は衛兵が溢れるほどいるし、そんな中ではいくら姫君でも暴力的な行動には出られないはずだ。

そこへ、なにやら嗅《か》ぎつけた様子でヨハンがやってきた。

「ん？　新妻ちゃん、王宮へ行くのか。それなら俺が護衛してやるよ」

ありがたい話だが、同行人がいては例の密命に関する話ができない。ノエは焦ったが、ヨハンは「遠慮すんなって」と気楽そうに言う。

「謁見なんて堅苦しいことはごめんだけどさ、送迎するだけなら任せとけって」

「送迎……」

「おう。軍を率いる兄貴ほどじゃねぇけど、オルディスと互角程度に腕はたつぜ？」

どうやら、ヨハンは王に顔を見せる気はないらしい。そういうことなら、とノエがオルディスを見ると、オルディスは少し考えてから、ひとつため息をついて頷いた。

こうしてノエは義理の兄に護られて、王の居城へ赴いたのだった。

（これで、陛下の誤解も解けるといいのだけれど）

例の紙を収めたビーズのバッグを胸に抱き、足早に廊下を行く。ヨハンは謁見の間の前まで送ると言って、不敬にもポケットに両手を突っ込んだまま隣を歩いていた。

同じ父親の血を継いでいるはずなのに、礼儀正しいオルディスとは大違いだ。兄弟とはいえ個性があって当然だとはノエも思うが、これではまるで、違う環境で育ったかのよう。

そんなはずはないのに、不思議だ。

「お？」

すると回廊にさしかかったとき、ヨハンが足を止めた。

彼の視線の先をたどって、ノエは目を丸くする。

「ラック!?」

ラックが中庭にいたからだ。背の低い植木の根もとで爪とぎをしている。

どうしてここにラックがいるのだろう。もしかしてオルディスはノエとヨハンを見送ってから、ラックを連れて王宮に先回りしていたのだろうか。

しかし歩み寄ってみて、違うことに気づく。

「そっくりですけど、ラックではない……ですね」

「ああ。ラックより幼いな。生まれたてってわけじゃないが、まだ子猫と言えるな」

しかし、これほどそっくりな猫が存在するとは。ありふれた柄ではないだろうに——そこでノエは思い出す。そういえばカミーユの部屋にラックがいるのを見たと、姉代わりの伯爵令嬢のひとりが言っていたが、もしや、この猫のことだったのでは。これだけ似ていれば、同じ猫だと思っても無理はない。

ノエが納得していると「嫌な客」と声がする。

中庭の向こう、反対側の回廊からだ。庭木の脇からそちらを覗き、ベリーピンクのドレスを身につけた女性と目が合って、ノエはすぐさま低頭した。

「カ、カミーユさまっ」

末姫だ。恨みつらみが殴り書きされた手紙を思い出し、ノエの心臓はばくばくと音を立てる。大丈夫だ。ヨハンがいてくれる。心配はいらない。そう思っていても、足が震える。察したのか「おう、カミーユじゃん」とヨハンは気楽そうに言った。

「久々だな。相変わらずの美人ぶりだが、痩せたか？」

「……あなたこそ、相変わらず不敬だわ。消えて」

「身分に関係なく平等に接するのが俺の信条なんだよ。贔屓《ひいき》は嫉妬のもとだろ。結婚するなら、当然身分の高い女性がいいけどな」

「自信過剰も相変わらずなのね。気持ち悪い」

「俺は気に入ってるぜ。その気の強さも、王族っていう身分もさ」

中庭を横切ったヨハンは、カミーユの腰を強引に抱いて右手を取る。その甲に口づけようとしたところ、素早く振り払われた。

「気持ち悪いって言ってるのよ！」

カミーユはヨハンを押しのけるようにして、ノエに向き直る。

「いいご身分ね。オルディスの兄を家族面して連れ歩いて、そんなにわたくしに呪い殺されたいのかしら」

声をかけられたのだから答えても不敬にはあたらないのだが、ノエは何も言えなかった。

「わたくしは本気よ。本気であなたを殺したいの。海の向こうに送られる前に、始末しなければ気が済まないのよ」

「やめろ、カミーユ」

ヨハンが止めに入ったが、これが逆効果だった。

「全部あなたの所為よっ、粛清屋の娘！　あなたが横から入ってきて、わたくしのオルディスを奪ったからっ……だから、わたくしは海の向こうの好きでもない男の子供を産む羽目になったんだわ！」

細い右手が振り上げられ、ノエは左頬に衝撃を覚悟する。しかし、カミーユの手は振り下ろされなかった。ヨハンがすかさず摑んで止めたからだ。

「やめろって。今日の俺は彼女の護衛だ。いくら美女でも容赦はできない」

「……放しなさい、無礼者！」

ぎっ、とヨハンを睨んだものの、カミーユはノエから離れた。ヨハンに右手を捻りあげられ、そうせざるを得なくなったのだ。ノエがその場に膝をつくと、足もとにいた猫が驚いたように走り去った。

回廊の先に消えていく猫を忌々しげに見送るカミーユの左手は、不自然に腹部に置かれていた。

「お忙しいところ、お時間を作っていただいてありがとうございます、陛下」

謁見の間に通されたのは、午後になってからだ。カミーユに与えられた恐怖は尾を引いていたが、オルディスの顔を思い出して気合いを入れ直し、背すじを伸ばして謁見の間に入った。

「どうした。オルディスの無実を示す証拠でも見つかったか？」

玉座からノエを見下ろす王は、余裕の表情をしている。

「さっそく見せてもらおうか」

「はい、今すぐに」

ノエはビーズのバッグを開けた。

そこに例の紙が大切にしまってある——はずだった。

「え……っ」

ない。

ノエは慌ててバッグをひっくり返す。しかし出てきたのは、気つけ薬の瓶にハンカチ、携帯用のおしろい、それだけだ。

「……どうして」

確かにここに入れたはずだ。いつまでも胸に隠しておくわけにもいかないからと、昨夜入浴する前にバッグの中へ移動させたのだ。何度も確認したから、しまいそこねて落としたなんてことは絶対にない。

「なんだ、はったりか？」

「いえっ。そんなこと！」

絶対にここに入れたのに。ノエはハンドバッグを裏返して捜し、念のため胸もとも確認し、愕然とする。ない。本当に、ない。何故――ありえない、こんなこと。

「昨夜までは……」

昨夜まではあったのですと言いかけて、こんな情けない言い訳をするわけにはいかないと思い直して、唇を噛む。管理が悪かったのは自分だ。

「……大変、申し訳ありません。どこかに、置き忘れたようで……」

「ほう？」

「もう一度、捜してきます。次は必ず持ってきますから、今日のところは」

そう言って頭を下げるしかなかった。

次と言っても、またいつこんな好機が巡ってくるかわからない。ヨハンが護衛を買って出てくれたのも、オルディスがノエ単独の外出を許したのも、様々な偶然が重なった結果なのに。

奥歯を噛み締めてその場を後にしようとすると「ノワズティエ」と、ふいに呼び止められた。

「どうしてもオルディスの無実を証明しきれないときは、私に泣きついてくるといい。月のない夜にでも忍んでくれれば、交換条件を提示してやらないこともない」

「……え」

「私とて、血も涙もない非情な人間ではないのだよ。可愛いおまえに、いつまでもそんなに悲しげな顔をさせておくのも可哀想だ」

突然何を言い出すのだろう。それはオルディスが白でも黒でもかまわないという意味だろうか。見逃してくれる――この警戒心の強い王が？

本気とも冗談とも取れずにノエが固まっていると、もう行け、と退室を促された。甲冑姿の衛兵が扉を開くと、廊下ではヨハンが退屈そうにあくびをしながら待っていた。

帰宅後、ノエは真っ先に二階の自室へ飛び込んだ。例の紙を捜すためだ。

しかしバッグを置いていた棚にも、ドレスを着替えた鏡の前にも見当たらなかった。メイドが掃除をして、片づけてしまったということはないだろう。ノエは身の回りのことはほとんど自分の手で行う。それに、万が一誰かがあの紙を見つけたとして、ノエの許可なく捨てはしないはずだ。

だとしたら、誰かが故意に持ち去った……？　どうして？

いや、目的ならばひとつしかない。あの絵を、人目に晒さないためだ。

ノエは無実の証拠としては説得力の薄いものだと思っていたが、ひょっとすると、そうではなかったのかもしれない。ノエが考えている以上に、深い意味を持つものだったのではないだろうか。

（そうなのだとしたら、絶対に取り戻さなくちゃ）

急ぎ、他の部屋も見て回る。隣の部屋、応接間、食堂、図書室――いずれの部屋にもあの紙と思しきものは落ちていなかった。

するど、残されたのは個人の部屋しかない。

足取り重く、使用人やオルディスの部屋に向かう。気が進まなかったのは、身内を疑いたくなかったからだ。どうしてそんなことをしたのかと、問い詰めなければならない事態に陥るのが怖かった。

だがもしも見つからなければ、もう一度ヴゼットクルエル家に赴くしかノエがあの絵を見る方法はない。それは現状、不可能だ。

絶対に見つけ出さなければならない。それなのに、見つかってほしい気持ちと見つかってほしくない気持ちが交錯した。

「あ……」

しかし現実は残酷だった。

ノエは大理石のマントルピースをかまえた暖炉を前に凍りつく。

あの紙の燃え残りと思しき切れ端が、そこにあった。リーヴィエの書斎の、暖炉の中だった。


――お父さまが、あの紙を燃やしたの……？

その晩、ノエは夕食もとらずに湯船に体を沈めた。オルディスともリーヴィエとも、顔を合わせて普段どおりに振る舞える気がしなかった。

「知らないはずよ……」

リーヴィエは、ノエがオルディスの無実を証明せねばならないことを知らないはずだ。だから、あれが証拠とは思わなかったに違いない。それで、単なるごみだと思って暖炉にくべてしまったのだろうか。

（……わからない）

わからないのは、オルディスもだ。

カミーユのもとには、ラックによく似た子猫がいた。もし、あの猫がラックの子だったとしたら。子猫をオルディスがカミーユに贈ったのだとしたら、それはいつの話だろう。

——オルディスさまはわたしに警戒しているようなそぶりを見せながら、裏でカミーユさまと通じているということはないのよね……？

いいえ、とすぐさまノエはかぶりを振る。そんなはずがない。勘ぐりすぎだ。

しかし何故あの美姫でなくノエを妻にしようと考えたのか、考え始めるとやはり何か魂胆があるのではないかと疑う気持ちが消せない。

「もう、嫌」

ノエは掌で、湯面に映る煩悶《はんもん》した顔を掻き消す。

初夜の翌朝の彼の行動の理由を知って、わだかまりは消せたと思ったのに。これ以上、悪い方向に想像を膨らませたくないのに。

しかし疑念はとりとめもなく湧いてきて、止まらない。こんなふうに身近な人を徹底的に疑わずにいられないのは初めてで、胸の中はぐちゃぐちゃだった。

「ノワズティエ嬢」

そこでいきなり背後から呼ばれて、びくっと湯面が揺れる。

「あ……」

振り返ると、浴室の入り口にオルディスが立っていた。シャツのボタンを上から三つほど外した、くつろいだ姿で。

「なかなか出ていらっしゃらないので、のぼせてしまったのではと心配しました」

「す、すみません。今、出ます」

「いえ、焦って出る必要はありません。温まっている最中でしたら、どうぞそのままで」

微笑んだオルディスが近づいてきて、ノエは慌てて膝を抱えた。明るい場所で肌を晒すのは初めてではないが、平然となどしていられそうになかった。

すると、彼は浴槽の横にしゃがみ込んでこうべを垂れる。

「先日は、申し訳ありませんでした」

「……えっ？」

「ずっと詫びねばと思っていました」

ノエは目をしばたたく。何のことだか、本気でわからなかった。

「ヴゼットクルエル家で、あなたを馬で連れ去ったときのことです。見境もなく己の感情のままに振る舞い、あなたを傷つけてしまいました」

ああ、そういえば、と思い出す。そんなこともあった。あれから畳みかけるように様々な出来事があったから、もはや遠い出来事のようだ。

「……お顔を上げてください。オルディスさまは、わたしに詫びなければいけないほど酷いことなんてなさっていません」

そうでしょう、と問いかける意味も含んでいた。あなたは、わたしを裏切ったりなどしていないのでしょう、と。

「あの、わたしだって、知ったような口を利いてしまいましたし」

「知ったような、とは」

「あなたらしくないなんて言ってしまって、申し訳ありませんでした」

らしさなんて、他人が決めるべきことではなかった。今ならばわかる。冷静で優しいだけがオルディスではないのだと。もっと素直な反応を見たいと願いながら、それを認めないのは愚かな間違いだった。

「わたしを許してくださるなら、顔を上げてもらえますか？」

「……あなたは本当に、聖女のような方ですね」

そうしてオルディスはやっと顔を上げた。微笑みあって、少しほっとする。

あの一件以来、なかなかふたりきりになる機会がなかった。それで気まずく思っていたわけではないのだが、なんとなくぎこちなかったのだろう。そう、気づかされた。

疑わずにいられなかったのも、きっと距離が開いていた所為だ。

オルディスは安堵した表情で、さらに言う。

「それと、もうひとつ。あなたを妻とお呼びしたことですが」

そうだ。嬉しかったと伝えるのを、忘れていた。

なんだか決まり悪くてもじもじと足先を擦り合わせるノエに向かって、オルディスは遠慮がちにこう続けた。

「ご迷惑ではなかったですか」

「ど、どうしてそんなふうにおっしゃるんですか」

「僕はずっと下僕だと申し上げていたでしょう。それを突然、夫の権利を主張するとは……図々しいこと、このうえなかったのではと。あのときは勢いで口を滑らせてしまいましたが、冷静になってから、ずっと気になっていまして」

何を言っているのだろう。ノエは愕然とオルディスを見つめる。

夫と主張されて、ノエが嫌がるとでも思っていたのか。いや、ノエの気持ちをオルディスは知らないのだから、心配するのも当然かもしれない。

だが、それならどうして勢いでも妻と呼んだのか。呼びたい気持ちは少しもなかったのか。ノエが迷惑だと言ったら、二度とそう呼ばないとでも誓うのだろうか。

(誓う……のでしょうね)

なにしろ彼は下僕だ。主人の命令には決して背かない。

叶わぬ恋を痛感させられた気がして、もともとぐちゃぐちゃになっていたノエの心はますます乱れた。

「……オルディスさまはずるいですよね」

それは、聞こえるか否かという小さなぼやきだった。

「わたしのこと、大切にするだけして、満足なさって。わたしは、大切にされているかどうかより、その意味のほうが重要なのに」

妻と呼ばれて嬉しかったのに。

これでやっと最後の距離を埋められたと思ったのに。

それなのに、こんな。

「ノワズティエ嬢?」

タイミング悪く他人行儀に呼ばれ、ノエの気持ちはますますざらついていく。

期待するなと暗に釘を刺しているのだろうか。これ以上近しい関係になるつもりはないから肝に銘じておけ、と。

(わざとなの?)

「………あなたは……」

胸があらわになるのも厭わず、ざばっと湯から上半身を出すと、え? と聞き返される。

「あなたは、わたしの夫です。結婚したいと望まれたのはあなたでしょう」

そう宣言して、ノエは右手を伸ばす。

「たとえわたしを妻として扱いたくないと思われているとしても、夫です」

シャツの襟もとを乱暴に掴み、力任せに引く。

「きちんと役割を果たしてください。わたしに、早く跡継ぎが宿るように！」

刹那、黄緑色の瞳と目が合ってキッと睨んだ。がむしゃらに、オルディスに唇を重ねる。

「ん……っ」

だが深いキスの作法など、ノエは知らない。今まで、オルディスが導くままに任せてきた。どうやって舌を絡めたらいいのか、その前に唇の開かせ方すらわからない。

するとオルディスは察したらしく、角度を変えて柔らかな舌を差し込んできた。

「ぅ、んんっ……」

ねっとりと上顎を舐める舌が、少し冷たく感じられる。

これも情熱の差だろうか。互いに対して抱いている、感情の温度差の表れでは――と考えてしまう自分が虚しくて、ノエは出来る限りいやらしくオルディスの舌を吸って応える。

すると湯の中に右腕を差し込まれ、濡れた髪と一緒に腰を抱かれた。

「んぅ、っふ、ぁ」

さりげなく、お尻の膨らみを撫でる手がくすぐったい。

「っん、はぁっ……んん、ぅ……あ」

ノエが思わず顎を引いたら、右のこめかみをついばまれた。

「僕を煽るのが、お上手になりましたね」

キスは頬、顎、喉から鎖骨へと下りていく。優しいだけでも荒々しいだけでもないその感触に、ノエは必死で理性を引き止めた。そうでもしなければ、あっという間に彼に縋ってしまいそうだった。

（だめ……っ）

欲に引きずられて、いつもと同じ睦み合いをしたくはない。優しく丁寧な快楽を与えるだけで、オルディスに婿の役割を果たしたと思われるのは嫌だった。それは、レコンシオン家ひいては王への忠誠の表れであって、ノエに向けられた誠実ではない気がする。

すると右胸にたどり着いた彼の唇は、先端にふうっと息を吹きかけてノエを焦らす。耐えきれず身をよじると、色づいた部分のすぐ脇をちろりと舐められる。

「っ、あ」

意地悪な舌は、右胸にも左胸にもそうして故意にずれた愛撫を寄越した。

「オルディス、さま……っ」

「なんですか？」

「……もっと、ちゃんと……」

怯みそうになったものの、己を奮い立たせる。

「ちゃんと、感じるところを舐めてください。胸の、先端を」

かすかに震えた要求には、返答がなかった。そのかわり、微笑みながら右の色づいた部分を頬張られる。

「あ……っ」

直後にちゅうっと吸われたことで、快感は一気に燃え上がった。だめ、と思っても、理性は砂のように指の間からこぼれ落ちていく。

「あ、あ……っん、き、もちい……それ……っ」

「それ、とは？」

「す……吸いながら、舌で、先端を舐める……の」

もっと、と胸を突き出せば、先端を吸いながら膨らみを揉みしだかれた。

「あ、あっ……ぅ」

右胸が、あっという間にじんじんする。先端だけでなく、奥のほうまで。その熱は溜まりきってこぼれ、下腹部にも移っていく。

すると腰を抱いていた彼の右手はお尻を下り、後ろから割れ目に触れてくる。

「ん……っ」

「石鹸ではありませんよね」

オルディスの指先がとろりと滑って、ノエは震えながら湯船のふちに摑まった。恥ずかしさに耐えながら、彼と視線を合わせる。じっと見つめて、さらなる行為を無言でねだる。

すると「ご希望がおありなら、聞かせてください」と促された。

「なんなりとご命令を。僕をかしずかせ、意のままに扱えるのは、この世で唯一あなただけなのですから」

あくまで下僕として真心を尽くそうとする口ぶりが、切なかった。

――どうして対等になろうとしてくれないの？

ノエは普通の女だ。聖女でも女神でもない。想いが通じないと痛感しても恋心を捨てられない、諦めの悪い女だ。かしずく必要も、そんな価値もないのに。

「命じてください。さあ」

「……しなさい。わたしが孕むようなことを、しなさい」

自棄になって命じると、オルディスはぞくっとした様子で、息を呑んで衣服を脱ぎ捨てる。湯船に入り、後ろからノエに覆いかぶさろうとする。

「待って」

ノエはその動作を制止して、オルディスの体を湯船の中に押し倒した。

彼の太ももに跨がり、まだ形のあやふやな屹立に触れる。顔から火が出そうなほど恥ずかしい。だが跡継ぎをもうけるという目的があるならできるはずだと、己に言い聞かせてそれを握った。

優しく、揉んだり撫でたりしてみる。先端を弄ったり根もとをくすぐったりしたがたいした変化はなく、ノエは焦れきってそれを自らの割れ目に当てた。

「ん、ふ……っ」

腰を上下させ、蜜を彼のものに塗りつける。潤滑《じゅんかつ》になれば挿入できるのではないかと考えたのだが、柔らかなそれは突然姿を変えだした。

「え、あ、あっ」

硬さが出てきたと思ったら、形も大きさも別物のようになってしまった。ともあれ、これで繋がれる。反り返ったそれの先端に、蜜口をあてがう。ぞくぞくっとした瞬間、入り口はひくついて雄杭に吸い付いていた。

「ああ……入り口だけで、果てられそうです……」

「っ、だめ……よ」

ノエは腰をつかって、それを慌てて受け入れ始める。入り口で果てられては意味がない。これは跡継ぎを成すための行為なのだ。蜜の潤滑を助けに、躊躇なく呑み込んでゆく。

やがてお尻がぴったりとオルディスの腰にのると、蜜道を充たす強い圧迫感に熱い息がはあっと漏れた。

「ん……まだ、出したら、だめ」

左右の湯船のふちに摑まり、腰を持ち上げ、下ろす。と、蜜道がゆっくりと擦られたあと、奥の壁がじわりと押し上げられた。一度では足りないほどの快感に、続けて腰は動く。

「あ、あ……っ」

入っては出て、擦られる襞。奥を突く刺激が重なると、体の芯までうっとりと痺れる。

ノエは幾度も腰を持ち上げては下ろし、その快感を味わった。額から汗ともお湯ともしれない雫が頬を伝って、顎から滴るのも心地よかった。

「たまり……ませんね。あなたから、我慢を強いられるとは……」

「はぁっ、あ……はぁ、っ……も、っと……」

もっと感じていたい。このまま昇りつめたい。

しかし、徐々に動きが鈍くなる。もっと刺激が欲しいのに、足が動かないのだ。もどかしさに身をよじると、オルディスがわずかに腰を前後させた。

「もっと、ならば……こんなふうにするのはいかがでしょう」

「ひぁ！」

感じたのは、蜜道に入り込んでくるお湯の熱さだ。一瞬びくっとしたものの、その温度は奥の奥を擦られる甘い誘惑と合わさってノエを虜にした。我慢できず同じように腰を前後に揺らすと、たぷん！　と湯船のふちからお湯が溢れる。

続ければ、浴室が水浸しになってしまう。わかっていても、もう止まれそうにない――。

「んぅ、っふ……ぁ、あ」

腰を落とし、彼に接続部を押しつけてノエは腰を前後に動かす。ゆるゆると、奥の壁を屹立の先で撫でまわす。

「気に入っていただけた……ようですね」

「ぁ、あっ……ん、あぁ……っす、ごい……熱い……ぃ」

「僕は、嬉しいのですよ。あなたの望みを叶えられるのが、この世で唯一僕だけだということが」

お湯が蜜道に入り込み、体をのぼってくるのも身震いするほど心地よかった。前のめり

になり、オルディスの肩に摑まって割れ目の中の粒も押しつけてみる。

すると背中に手を当てて抱き寄せられ、右胸の先を頰張られた。

「あっ、ア、んっ……あ、あ……あ」

吸われながら舌先で頂を舐められるのは、ノエがもっとも好む愛撫。みるみる胸の先は勃って、より敏感な形になってゆく。

「あ……んあ……っオルディス……っ」

「ノワズティエ……嬢、お上手です、とても……」

オルディスの肩に摑まる手を震わせ、ノエはそれでも腰を揺らした。

「まだよ。わたしが達きそうになったら……奥にっ……一番奥に、押しつけて……出し、なさい。わかった？」

「ええ……かしこまりました」

好きで好きで、だから怖い。

もしもオルディスが本当は敵国の諜報員で、ノエを騙しているのだとしたら。想像するだけで、目の前が真っ暗になる。いっそ一生騙されたままで過ごせたらいいのに、その選択はノエには許されていない。

両胸の膨らみを同時に揉みながら親指で先端をクニクニと弄られ、身悶えながらノエは体を揺らし続ける。

「んぁ、っあ、あ……はぁっ、あ、はあ……っ」

熱くて心地よくて、もっと快くなりたくて、そうして弾けて、何もかもを忘れてしまいたかった。

「オル……ディス……達かせ、て……」

「はぁっ……搾り取って、くださるのですね。嬉しいです……」

雄杭の先でぐいっと奥を押し上げられると、瞼の裏に閃光が放たれる。

「あ、はぁっ……あ……んん……っ、くる、くるの……っもっと、激しくっ……」

もしもこのまま無実の証拠を見つけられなかったら、そのときは、彼をこの手で崖下に突き落とさねばならない。

（そんなこと、絶対にできない）

考えるのも嫌だと、ノエは震える。

絶対に、この手で無実を証明してみせると宣言した日が懐かしい。信じる気持ちが強ければ、必ず疑いは消せるものだと思っていた、あの日。

実際は、信じたいと願うたびに、裏切られていたらどうしようと不安になった。好きになればなるほど、尋ねたいことも、伝えられないことも増えていった。

本当は、知りたい。

ノエを妻にしたいと望みながら、どうして、下僕の立場を捨てようとしないのか。ただかしずいていたいだけなら、どうして、夫婦になることを望んだのか。どうあるべきか、ではなく、本当のところはどう思っているのか。

だが、彼がノエにかしずく姿勢を崩さないままでは、聞けない。心にもない答えだとしても、ノエが望めばそのとおりの言葉を囁いてくれるに違いないから。

——わたしが本当に欲しいのは、あなたの正直な心よ。

男らしい肩に爪を立てて腰を振ると、奥に当たる先端がよりしっかりとした力を持つ。その圧迫感に押されて、ノエはついに頂にたどり着く。

「あ、ぁああ……っ!!」

ほぼ同時に、彼が息を呑んだ気配がした。

行き止まりに放たれる熱の愛しさに吐息をこぼすと、こめかみに優しく口づけられる。

横抱きにされたときには意識が遠のいていて、どうやってびしょ濡れの体を拭《ふ》かれたのか、いつバスローブを着せられたのか、わからない。

「……本当は、主張したいのですよ。下僕以上の権利を、あなたにね」

ベッドに寝かされたとき、かすかにそう聞こえた気がしたが、オルディスがそんなことを言うはずがない。だから、きっと夢なのだろうと思った。

ノエの願望が見せる、優しい夢の一部に違いない、と。


それからノエは毎晩、オルディスに隠れて月を見上げた。

細かった月は、寸分の狂いもなく満ちていく。丸みが増せば輝きも増し、海面は粉々に割れたガラスのように輝いた。

待っていたのは、曇天だ。

月のない夜に忍んで来いと王は言っていた。新たな証拠を見つけるあてのない今、ノエにはその言葉に甘える以外にオルディスの命を護る術はなかった。

きっと、何か交換条件を出されるはずだ。もしもオルディスの代わりに崖下へ飛び込めと言われても、従うつもりだった。

すると満月を迎えるはずの今日、厚い雲がその姿をすっかり隠していた。

今夜しかない。

「……わたしが、あなたを護るわ」

眠るオルディスの額に口づけて、ノエはひとり崖上の城をあとにする。ランタンひとつを片手に提《さ》げ、頭に布をかぶり森を駆けた。王宮までは少々時間がかかるが、夜のうちにたどり着けない距離ではない。

「陛下にお目通りを。レコンシオン家の娘が参上したとお伝えいただけますか」

門番に謁見を申し出たのは、夜もずいぶん更けた頃だ。間もなくして通されたのは王の寝室で、そこには王妃の姿も、衛兵の姿もなかった。

警戒心の強い王とは思えぬ、無防備なふたりきりの謁見にノエの胸はざわめく。

だが、もはや引き返せない。

「どうした、ノワズティエ」

ベッドの上から王に呼びかけられ、ノエは頭を垂れたまま「夜分に申し訳ありません」とまず詫びた。

「夫のことです」

「ほう。月のない夜に訪ねてきたということは、つまり無実の証拠は掴めなかったか」

「……はい」

ノエの返答に、王はかすかに笑ったようだった。まるで、勝ち誇ったように。

「ひとつ聞くが」

その声は、垂れた頭の上から投げかけられた。

「子を孕んではおるまいな？」

先日も聞かれたことだ。あのときほど焦らずに、ノエは「わかりません」と答える。

「今のところは、まだ、としか」

「そうか。ではまず、疑いが晴れるまでこの城の中で男と接触せずに過ごせ。部屋をひとつあてがってやる」

「え……」

どういう意味だろう。暗に下がれと言われているのだろうか。

「その、夫への嫌疑は」

「オルディスの罪は問わぬ。おまえがあれをまず離縁し、そして私の子を産むのならば」

耳を疑うような言葉だった。王の子を産む。何故。

「そ、それはどういう」

「おまえから生まれる男児は次の粛清屋となる。そういう話にしてあっただろう？」

すうっと、血の気が引く。そしてノエはようやく王の言葉の意味を理解した。

この警戒心の強い王は、己の血を引く実子を次の粛清屋にしようというのだ。

「リーヴィエにも信用ならぬところがある。もう他人は信用ならぬのだよ。その点、我が子ならば裏切るまいと思ってな」

「最初から……そのおつもりで、わたしの提案を受け入れたのですか……？」

「当初は、こんな回りくどい手など使わずに済ませるつもりだったのだ。おまえが社交界デビューをした、あの夜にでも手篭めにしてやろうと考えていた。だが、おまえはワインで汚れたドレスを着替えにこなかった。馬車で待ち惚け、ダンスホールに戻ったときにはオルディスがおまえの手を取り、踊っていた」

思いもよらない告白に、ぞくっと背すじが寒くなる。社交界デビューの夜、リーヴィエが酔って赤ワインをこぼしたとき。思えば、下戸のリーヴィエに酒を勧めたのは王だった。

（馬車で待ち伏せされていた……？）

もしも姉代わりの三人が道の先で噂話をしていなかったら。そうしたら、今頃ノエは王に無理やり犯され子を産む羽目になっていたかもしれない。

「しかもオルディスは、どんな手を使ったのか私の計画に勘づいていた。そのうえで、私にノワズティエとの結婚を仲立ちしてほしいと願い出てきたのだ。おまえには手を出させぬと、釘をさすつもりだったのだろう」

王はくくっと愉快そうに肩を揺らす。

「そこで、私はおまえにオルディスを監視させることにしたのだ。おまえとやつの結婚を拒否する手もあったが、以前からあれは得体が知れなかった。やつの正体を知る、いい機会ではないか。それに、遠回りはしたが見事この夜を迎えられた。これでよしとしよう」

狡猾な手口に、ノエは目の前が真っ暗になったような気分だった。

ずっと父のように思っていたのに。敬愛してきたのに……。

「どうして……そこまで他人を信用なさらないのですか」

「おまえにはわからぬだろう。隣国との冷戦が続く中、兵を用いて表立った争いをせぬぶん、いつなんどき誰に裏切られるのか、いっときも油断できぬこの恐怖は」

だからといって、王の警戒心は病的だ。幼い頃から他人を疑い続けて、度を超してしまったとしか思えない。

「か、帰ります」

危機感がノエを急かし、つま先が扉に向く。しかし王がベッドサイドに置かれたベルを鳴らすと、数人の衛兵が別の扉から現れてノエを拘束した。

「……っ、いや、放して！」

「隠し部屋に入れておけ。オルディスの子を孕んでいないとわかるまでな。もし血の印が見られぬ場合は、薬師を呼んで対処させろ」

口もとを押さえられ、それ以上何を言うこともできなかった。

連れて行かれたのは窓のない部屋だ。王宮にただ出入りしているぶんにはわからない、謁見の間の奥の壁を開いた先にある小部屋。いつかヨハンがヴゼットクルエル家で言っていたが、古い城には当たり前のようにこんな隠し部屋がある。

――どうしよう。このままでは、わたし……！

王の子を宿されるかと思うと、ぞっとした。オルディス以外の男性には、指一本触れられたくない。

それ以上に恐ろしかったのは、もしかしたらすでに宿っているかもしれないオルディスの子を取り上げられることだ。

じっとしてなどいられるはずもなく、ノエは隠し扉の向こうに耳を澄ませる。かすかに聞こえるのは甲冑姿の衛兵の歩く音。もしここから飛び出せたとしても、すぐに捕まって戻されるのは確実だった。

「……夜は、明けたのかしら」

窓も時計もない部屋では、今が昼なのか夜なのかすらわからない。

どうして王の企みを見抜けなかったのか、今さらながら悔やまざるを得ない。夜に訪ねてこいと言われた意味を、もっと深く考えていれば、こんなことには。

（オルディスさまへの嫌疑だって、でっち上げだったかもしれないのに）

そう思って、それならどうして彼と彼の母について調べた報告書の控えがないのかというところに考えが戻って、ノエはうなだれる。

王がオルディスを疑うことには、恐らくはっきりとした理由がある。だから、ノエが無実の証拠を見つけようが見つけまいが、いずれ処分するはずだったのだろう。

――オルディスさま……。

胸の中で祈るように呼ぶと、不思議と楽しかった思い出ばかりが蘇ってくる。

手を取って踊ったこと。街を散策したこと。オルディスの生まれ育った城へ行き、高い塔の上からふたりで風景を眺めたこと。

いつでも彼は優しかった。黄緑色の輝石のような瞳が嬉しそうに細められると、ノエも嬉しかった。ふたりでいれば、それだけで満たされるような気がした。

思えば思うほど、心の奥底に温かいものが充填《じゅうてん》されていく。

「……馬鹿ね、わたし」

大事なのは、この気持ちだ。

証拠なんていらない。ノエの中にある愛情には偽りなど少しもないのだから、彼を信じる理由はそれだけでよかったのだ。

（そうよ）

疑心暗鬼の末に追い込まれるのは、ほかでもない、自分自身だ。

いつかオルディスは言っていた。

彼がこの世で一番大切にしたいのはノエだと。ノエ自身も、そう心得てくださいと。

だから、疑うのも悔やむのももうおしまい。彼のためにも、まずは己の身を守る。正気を保てるよう、気持ちを強く持つ。それがなにより彼のためになると、信じる。

そうしてノエは視線を上げた。

唯一の出入口に耳を澄ますと、鎧を着た兵たちが身じろぐかすかな金属音が聞こえた。

それから何日が経ったのだろう。

ノエが監禁されている隠し部屋に食事を運んでくるのは、いかにも忠臣と思しき古参の侍女ばかり。謁見の間には相変わらず衛兵がずらりと並び、侍女を押しのけて部屋を出ることはできない。

オルディスとリーヴィエはどうしているのか。ノエの姿が屋敷内にないと知ってから、きっとほうぼうを捜し回ったはずだ。あちこち捜して見つからなければ、王に報告しにきてもおかしくないのに。もしかして、ふたりの身にも何かあった……？

そう、ノエがもどかしく思っていたときだ。

「久方ぶりにお目にかかります。ヴゼットクルエル家が長子クリストフでございます」

聞こえてきたのはクリストフの声だった。

「国境付近ですが、今のところ大きな問題はありません、陛下」

「ほう。頼もしいことだ。ヴゼットクルエル家はおまえがいれば安泰だな」

声を上げれば、気づいてもらえるかもしれない。救出には至らなかったとしても、ここにノエが閉じ込められていると伝われば、きっとリーヴィエやオルディスが動いてくれる。

「ところでクリストフ。おまえは嫁を取らぬのか」

「私の結婚に関しては、王に指示を仰ぐようにと父から言いつかっております。先祖代々の当主にならい、敵国の姫君を攫《さら》い娶《めと》るのがよろしいかと」

扉を叩こうとしたノエは、その言葉に動きを止めた。

敵国の姫君を攫う……？

「そうか。おまえはあの家の長男の役割をすでに心得ているのだな」

「はい。成人した日に父から教わりました。ヴゼットクルエル家が国境を護っていられるのは、敵国の姫君を盾にしたためだと。父が二度目に攫い娶った姫君——リリーローズが亡くなってからはや十五年、父は亡くした面影を今も追い続けていますが、そろそろ新たな盾が必要でしょう」

「……話のわかるやつだ」

ノエは青ざめて口もとを押さえた。

盾。では、オルディスもクリストフもヨハンも敵国の人間の血を継いでいるのではないか。しかも、王家の血すじを——。

しかしクリストフは、口ぶりからして王を支持する人間と考えて間違いなかった。そのように教育されたのだろう。助けを求めるのを諦め、きゅっと唇を嚙む。

扉の向こうからは、衛兵が動く無機質な金属音がいつまでも重苦しく響いていた。

9. 真実

愛ほど身勝手な狂気はない。

それはオルディス・ヴゼットクルエルが二十五年生きるうちに学んだことだ。母は愛されてはならぬ人に愛され、愛し、そしてそれに頭を支配され身を投げた。

残されたのは疎まれた子供と、絶望だけ。

愛情など、抱いたところでろくな結末にならない。自分の愛が、いつ相手の命を奪う狂気に変わるかわからない。なにしろオルディスは、母を愛で縛り愛に狂わせた男の血を継いでいるのだから。

「オルディスくん、外はどうだ。ノエはいたかね!?」

「いえ……。申し訳ありません、僕が側についていながら」

「謝らないでくれたまえ。警戒が足りなかったのは私も同じだ。娘は隠密行動の多いレコンシオン家の血を色濃く継いで、気配が薄い。身内の私とて、ときどき行方がわからなくなっていたのだ」

　ノエが姿を消したことにオルディスが気づいたのは、日が昇る前だった。寝衣を着替えたあとがあるところからして、少々部屋を出ただけとは考えにくかった。

　すぐに屋敷中を捜し回ったが、彼女の姿は見つからなかった。それで急ぎリーヴィエを起こしたのは、彼がこの屋敷内でもっとも信頼のおける人物だったからだ。

　城の周囲の森も見て回ったがノエの発見には至らず、ひとまず玄関の中へ戻る。

「ノエはあの狸爺《たぬきじじい》、モントヴェルト王のところか……」

「そう考えるのが妥当でしょうね」

　青ざめるふたりのもとに、ラックがやってくる。そしてそのとおりだと言わんばかりに玄関扉をカリカリと前脚で引っ掻いた。

「なんだ……？」

「彼女がここから出て行ったのだと教えてくれているのですよ」

　リーヴィエは目を丸くしたが、オルディスはラックの利口さをよく知っていた。それに、ラックの親猫は輪をかけて利口だったのだ。

　オルディスの産みの母、リリーローズを護るために。

「すぐに救出に向かいます」

「待ちたまえ。あの警戒心の塊のような男のことだ。返り討ちに遭う可能性もある。君にまで何かあったら、私はヴゼットクルエル家のご当主に合わせる顔がなくなってしまう」

そうは言われても、じっとしていられるはずはない。玄関扉に手を掛けると、ため息混じりの呟きが追ってくる。

「……こうなるくらいなら、ノエに打ち明けておけばよかったのかもしれんな。王の本性も、オルディスくんたちの身の上も」

後悔の滲むその言葉に、オルディスは賛同することができなかった。

なにしろノエは素直だ。

純粋で清らかで、嘘がつけない。

ふたりで街へ出たときがいい例で、真実を知った彼女があんなふうにあからさまな態度を見せれば、王が彼女に対しても不信感を抱くだろうことは簡単に予想できた。

もちろん、ノエが身辺を探っていることには薄々気づいていた。

オルディスはノエを護るために、彼女を煙《けむ》に巻く道を選んだのだ。

「今は悔いている時間はありません、お義父さん」

「……そうだな。そうだ。だが、何から手をつけるべきか」

うろたえるリーヴィエは、粛清屋らしい冷静さを欠いているように見える。大切なひとり娘が行方知れずになったのだから無理もない。

落ち着かせるために、何か役割を与えるべきだ。オルディスは玄関扉から離れ、義父を振り返る。

「では、お義父さんには彼女の正確な居場所を探っていただいてもよろしいでしょうか」

「あ、ああ。わかった。粛清屋の情報網を使って、必ずや突き止めてみせよう」

「僕は馬をお借りします。王宮までの道を念のため捜してから、街中にあるヴゼットクルエル家のタウンハウスで兄たちと落ち合いますので、連絡はそちらに」

「承知した。気をつけてくれたまえ、オルディスくん」

すぐさま厩へ走るオルディスの脳裏には、毎夜ひっそりと月を見上げていたノエの横顔が蘇る。嫌な予感はしていたのに、どうして油断した？　あの表情は、在りし日の母の横顔とそっくりだったではないか。

――『ねえ、オルディス』

脳裏に蘇るのは、抑揚も芯《しん》もない女の声だ。

――『母さまはね、ずっと羨ましいと思っていたのよ。母さまと違って月は自由で、どこへでも行けると思ったから。でも、そうではなかったのね』

色白で儚げな母は遠くに見える湖をぼんやりと見つめ、常に心ここに在らずといったふうだった。話しかけられても、大半が独り言のようだった。

――『毎日同じように昇っては沈んで、己の意思に関係なく満ちては欠けて。なにひとつ、望みどおりにはいかない。母さまと……いいえ、おまえも一緒』

いつも城の南にある日の当たらない塔の上で、異国の子守唄を歌っていた母。

オルディスはその歌が好きだった。それを口ずさんでいる間は、母がこちらを向いていてくれるから。異国の言葉で物語でも読んでもらっているようで、嬉しかった。

塔の上以外の場所で、母と過ごした思い出はほとんどない。

やけにはっきりと記憶しているのは猫の名前である「ラック」という言葉が、海の向こうの島国では「愛している」という意味をもつという話。その猫が子を産んでも、母は子猫すべてに「ラック」と名づけ愛を囁くようにその名を呼んでいた。

――『おまえさえいなければ、自由になれたのに……！』

呪いの言葉を残して母が逝って、オルディスは月を見上げなくなった。

母の道連れとなって死ねばよかったとは考えていない。だが、生きている価値はないと思っていた。もともと、母に必要とされていると感じたことはなかった。おまえさえいなければと言われて、やはりそんなふうに思われていたのかと納得できたほどだ。落下していく母をなす術もなく見つめたあのとき、オルディスの心の一部は死んだのだ。

それからというもの、夜空に淡く光るあの不気味な球体を賛美する声を聞くと、吐き気がした。月を綺麗と言える神経は、オルディスをさらに呪うものでしかなかった。オルディス自身も、そこに己の運命が重なると自覚していたからかもしれない。

だから、あの晩。

凛々しく月を見上げるノエの姿は印象的だった。

運命を悲観し、叶わぬ望みを抱き続けて滅びを選んだ母とは違う。強い光を宿したその目には、自分が睨まれているかのように錯覚してぞくぞくした。

差し伸べた手を振り払われたときには、救われた気がした。母に望まれず、また、母の命をみすみす散らした幼い自分を、赦してもらえたように感じられた。

「……あなたが、死んだはずの僕の心の一部を蘇らせてくださったのですよ」

夜を掻き分けるように馬を駆りながら、オルディスはノエの笑顔を思い浮かべる。

彼女に出逢うまで、欲しいものなんてなかった。死んで当然の自分には、何かを欲しがる権利もないのだと思っていた。物心ついて、初めて欲しいと思ったのがノエだった。

粛清屋の娘という生まれながらにして背負った運命を忌むことなく、純粋な信念を持ち続けるさまは神々しいほどだった。跪き、彼女の望みを叶え続けることこそ、こんな自分にできる最上の献身だとオルディスは考えたのだ。

だが、それすら抑圧された欲求だったことに気づかされたのは、「妻」と呼んだあの日だ。

震えながらも、ひとりでは逃げないと健気に立ち向かおうとする姿に、あの清々しいまでの強さに、ああ、もう抑えてはいられないと感じた。

(本当は……こんなにも惹かれているのに)

素直に気持ちを告げられなかったのは、ノエを失うのが怖かったからだ。父が母を、愛で縛って死に追いやったように。万が一にでも自分の愛情が、ノエを縛るものになってはならないと思い込んでいた。彼女はそんなに弱い人間ではないと、わかっていても怖かった。

裏路地で馬を下りたのは、空が白んできた頃。黒い外套に身を隠し、ヴゼットクルエル家のタウンハウスに素早く入り込んだ。

真っ先にしたのは、クリストフとヨハンに手紙を書くことだ。どちらにも手短に用件だけを記し、急ぎ使者に託した。


監禁が始まってからどれだけの時間が経過しただろう。やがてノエの体に表れたのは、ノエをさらに窮地へ追い込むような変化だった。

「うそ……」

血の印があったのだ。

ノエの体が、オルディスの子を宿していない証拠。王が知れば、喜んで己の子を成そうとするだろう。オルディスの子が危険に晒される可能性がなくなったのは安堵すべきことだが、もし出血が終われば……そのときは。

(隠し通さなければ)

決意して、ノエは誰とも顔を合わせぬ道を選んだ。

侍女がやってくれば、体を拭くと言って下着を改められる。だから食事も着替えも拒否し、何もいらないと言って扉を内側から固定した。オルディス以外の男に肌を許すなど、想像さえしたくなかった。

——誰か。誰でもいいから、助けて。

誰でも、と念じながらも、脳裏に浮かぶのはオルディスの顔ばかり。

もう一度、あの腕に飛び込みたい。そして伝えたい。愛しています、と。

たとえ下僕の立場を捨ててもらえなくても、同じように想いを返してもらえなくてもいい。どれだけ彼を大切に思っているか。夫婦になれてどんなに幸福に思っているか、聞いてほしい。

そんなことを考えながら部屋の隅にうずくまったノエは、いつの間にかうとうとしていた。夢の中でもオルディスの面影を追い、必死にもがいていた。

逢いたくて、逢いたくてたまらなかった。

あの美しい黄緑色の瞳に、この姿を映して、そして笑ってほしかった。そうしたら、今感じている恐怖も寂しさも心細さも、全部流れて消えてしまうはずだから。

どれだけそうしていただろう。

やがてうたた寝からノエの意識を引き戻したのは、ものものしい足音だ。

「なんだ、オルディス。それから、ヨハンまで」

そう言ったのは王だ。オルディス――彼がついに謁見の間にやってきた！

「我が妻、ノワズティエをお返しいただきたい」

久しぶりに聞いたオルディスの艶やかな声に、ノエの胸は高鳴る。オルディスさまが助けに来てくださった。王のもとにいると、気づいてくださった。

「何のことだかわからんな」

「とぼけないほうがいいぜ。こっちにゃ隠し球があるからな」

くくくと笑いながら言ったのはヨハンだ。

「相変わらず礼儀がなっておらんな、次男は」

「いいんですよ、兄さんはこれで」

そう答えるオルディスの声には明らかな余裕があった。

「もとより不敬なら、立ち入った話に首を突っ込んでもいつものことだと見逃されますから。情報収集にはうってつけなのですよ、ヨハン兄さんは」

「……情報収集とは」

「この王宮のどこにどんな警備が敷かれているのか。抜け道と隠し部屋の位置。そして、いざというときのあなたの逃走経路等も、ですね」

それではまるで、ヨハンが諜報員のようではないか。そう思って、ノエは自らの大きな考え違いに気づく。

オルディスはその美貌を武器に、社交界の令嬢やマダムから情報収集をしていると疑われていた。だが実際、令嬢たちに積極的にアプローチしていたのはヨハンだった。

すると、本物の諜報員はヨハン——？

ああ、どうして今まで気づかなかったのだろう。

「妻をお返しいただきたい。と、もう一度申し上げましょうか」

オルディスは通った声で言い放つ。王の返答はない。

実際どのような状況になっているのか、ノエからはまったく見えないからもどかしい。

「応じていただけないのであれば、力ずくで取り戻させていただきますが」

そうオルディスが言い放ったときだ。

バンッ!!　とけたたましい音とともに扉が内に吹き飛ぶ。謁見の間への唯一の出入口が四角い穴になる。

一瞬縮み上がったノエだったが、

「ノワズティエ！」

そこに現れた人の姿に、はっとして瞠目した。

白いローブに立ち襟のコート、浅黒い肌に黄緑色の涼しげな瞳。

「オル……ディスさま……」

髪を乱した彼は、それでも上品さを失わない風貌で駆け込んでくる。膝をついて覆いかぶさるように抱き締められて、ノエの目からはどっと涙が溢れ出た。

「オルディスさま、オルディスさま……っ」

夢中になって彼の首にしがみつき、思いっきり力を込める。オルディスも泣き出しそうな顔でノエをいっそう強く抱き締め返すと、掠れた声ですみませんと囁いた。

「遅くなって申し訳ありません。準備に少々時間がかかって……本当は、すぐにでも飛んできたかった……」

いいえと答える代わりに、ふるふるとかぶりを振った。吸い込む息からオルディスの匂いがして、安堵感にまた涙がこぼれる。

逢えた。やっと逢えた……夢じゃない。

助かったと思うことより、オルディスに再会できた事実のほうが強い喜びだった。

「捕らえろ」

そこで謁見の間に響く、王の声。ノエはオルディスを奪われまいと引き寄せたが、衛兵たちは動かない。まるで飾り物のように、誰ひとりとして前に出ようとしない。

「捕らえろと言っている！」

声を荒らげる王を、ヨハンはにやにやとした笑みを浮かべて振り仰いだ。

「衛兵たちは動かないぜ。少々手間はかかったが、全員、クリストフ兄貴の部下と入れ替えたからな。衛兵たちは皆、甲冑姿で顔が見えないってのが運の尽きだったな」

「なんだと」

「クリストフ兄貴だけは忠実だと思ったか？　残念だったな。俺らヴゼットクルエル家の人間が忠実なのは、末弟オルディスに対してだけだ。なにしろこいつは、俺ら三人の中でもっとも高貴な血を継いでいる。俺たちの復権をいずれ叶えられるとしたら、こいつしかいない」

高貴な血……復権……どういうこと？

彼ら三兄弟は、同じ敵国の王家の血を継いでいるのではないの？

ノエがオルディスを見ると、彼はノエを引き起こしながら眉をぎゅっとひそめた。その

視線はノエの足もとに向いている。血で赤く染まった、ドレスの裾に。ノエは慌てて隠そうとしたが、その仕草さえオルディスの感情を煽ったらしい。

「……モントヴェルト……、妻を、傷つけましたね」

地の底から湧き上がるような怒声だった。

ノエが事情を説明する間もなく、オルディスは剣を抜く。風のように謁見の間を突っ切り、剣を振りかぶる。切っ先は王の顔のすぐ横、玉座にドッと突き刺さって止まった。

「貴様だけは許さない」

怒りに打ち震え、肩を上下させながらオルディスは言う。

「一生、傀儡《くぐつ》になるのが貴様の運命だ。海の向こうの島国と陸続きの敵国に、同時に攻め込まれたくなければな」

「ッ……なにを」

「なにひとつ己の意思では決められぬ生き地獄に、身を置くがいい」

何が起きているのかわからぬまま、ノエはオルディスの腕に横抱きにされ馬車まで運ばれる。王宮内は静まり返っていて、王の危機には誰も気づいていない様子だった。


レコンシオン家の居城である崖の上の城に戻ると、沸かしたての湯がノエを待っていた。

湯気でふんわりと和らいだ浴室は、ノエが閉じ込められていた冷たく暗い部屋とは別世界のよう。

濡れ髪のままオルディスの部屋へ行くと、待ち構えていたリーヴィエに泣きそうな顔で抱き締められた。

「よかった、ノエ。本当によかった」

室内にヨハンの姿はない。別室で休んでいるのだろう。

「お父さま……。お父さまはご存じだったの？　オルディスさまたちの生い立ちのこと」

「ああ。黙っていてすまなかった。許しておくれ」

そしてリーヴィエはノエをソファに座らせ、自分は向かいの席に腰掛けると「すべて打ち明けよう」と口角を上げた。

息を呑んでノエが頷くと、リーヴィエは短く息を吐いてから語り出す。

「まず話さねばならんのは、我らレコンシオン家とヴゼットクルエル家の間に古くからある暗黙の了解についてだな」

「暗黙の……？」

ノエが問うと、オルディスがノエの膝にふわっと毛布を被せながら言う。

「ヴゼットクルエル家当主の妻の素性を、ほかに漏らさぬことです」

左横に座り、毛布の上から腰を抱く腕は思いやるように優しかった。

「理由は、ヴゼットクルエル家の当主が代々行ってきた嫁取りの方法に関係しています」

「あのっ、そのお話なら、クリストフお義兄さまが陛下と話しているのを聞きました。敵国の姫君さまを攫って妻にするとか」

返答しながら、なるほどと気がついた。

ある日突然現れた謎の花嫁に、粛清屋が目をつけないわけがない。だから、もとより素性を探らぬこと、そして秘密を知っても明かさぬことを承知していたというわけか。

「でも、そんな取り決めがあったのなら、どうしてオルディスさまのお母さまだけが調査の対象に？」

「陛下からの直々の命があったのだ。今回、オルディスくんを探れとおまえに達しがあったようにな」

知っていたのか。

「……陛下は、オルディスさまのお母さまを疎ましく思っていたということ？」

「いや、どちらかというと怪しんでいたのは息子であるオルディスくんの出生だろうな」

そこでリーヴィエはソファの横に立て掛けてあったキャンバスを手に取った。それはいつか、オルディスがラックの荷物――木箱から取り出し、くずかごに押し込んだもの。そのまま廃棄になったと思っていたが、とってあったのか。オルディスがそれを見て意外そうな顔をしたことから察するに、リーヴィエが密かに手元で保管していたのだろう。

「この方が、リリーローズさん……なのでしょう？」

「ああ。オルディスくんの産みの母だ。クリストフくんとヨハンくんの母親同様、敵国の姫だったらしい」

涼しげな目もと、そして瞳の色がオルディスによく似ている。黄みの強い、金に似た黄緑色。そしてノエはやはり言いようのない違和感を覚え、わずかな間ののち、気づいた。ヴゼットクルエル家の当主も色白だった。母親も色白だとすると、何故オルディスの肌の色が浅黒いのか。

ノエがゆっくりと顔を上げると、リーヴィエが承知したように頷く。

「外見的特徴は稀に、何代か前の先祖に似ることがある。この国にも褐色の肌の人間はいくらでもいるからな。その点、不審に思うほどでもなかった。それより気になったのは、彼女が嫁いでからたったの三月《みつき》で彼を産んだことだ」

三月。早産とするには早すぎる期間だ。

「お父さま、まさか」

「ああ。リリーローズ殿はヴゼットクルエル家に攫われたとき、すでに身籠もっていたのだよ」

「それはヴゼットクルエル家の当主……父にとっても計算外だったようです」

そしてオルディスは語った。

攫ってきた姫君が身籠もっていると知って、当主は不憫《ふびん》に思い姫君を帰してやろうとしたこと。それを姫君が拒否したこと。腹の子は不義の子で、国に帰ってもやはり政治利用される可能性があったこと。

「政治利用って、どうして」

「母が身籠もっていたのは、単なる不義の子ではなかったのです。海の向こうの島国を統べる、王の子だったのですよ」

ノエは目を瞬いた。

敵国の姫君の子というのは予想していた。だが。

「王の子……って、え、ええ……!?」

王子ではないか。

単なる王家の血すじではない。オルディスは落とし胤《だね》だったのだ。

「……驚かれましたか」

「お、驚かずにいられるはずがないです」

よもや王子を婿に——いや、下僕にしていたとは。

狼狽しながらも、ノエは、とある光景を思い出す。

光さす王冠をいただく人物と、かしずく人——ヴゼットクルエル家の塔の上で見た、彼らが幼い頃に彫ったという絵だ。

ノエはてっきり王と三兄弟の姿を描いたものだと思っていたけれど、もしかしてあれは王子たるオルディスに跪く、兄ふたりと父親の絵だったのでは。

——ああ、きっとそうだわ。

でなければ、それを写し取った紙を燃やされるはずがない。

「事が事だからな。私もずいぶんと迷った。陛下に事実を伝えるべきか、隠すべきか。だが、考えれば考えるほど、オルディスくんの存在がレコンシオン家の始祖と重なってな」

「始祖……」

「ああ。レコンシオン家の始祖の母君同様、リリーローズ殿も本気でお腹の子の父を愛していた。彼から送られた『愛を交わした証』である猫を、片時も離さず連れて歩くほど」

「それって、ラックね？」

「ラックの親猫です。島国では、あの種の猫は王族しか飼うことのできない貴重な存在なのです。そして『ラック』は島国では愛を表す言葉。つまり母と島国の王は、密かに愛しあっていたのです。母には夫、王には正妃がいるという、お互いに決して許されぬ立場でありながら、ね」

　しかしオルディスを身籠もり、さらに敵国に攫われたことでリリーローズの運命は大きく変わったのだろう。留まっても戻っても、待ち受けているのは地獄――。

「母は、僕が物心ついた頃にはすでに死に半分足を突っ込んで生きているような人でした。届かぬ恋に焦がれるあまり、現世から魂が離れてしまったのでしょう」

　やがてリリーローズは自ら死を選び、リーヴィエは偽の報告書をでっち上げ王に報告した。その後、オルディス本人に対して調査の命令が下ったときも同様に出生の秘密を隠し続けたのだという。

（調査報告書の控えが存在しなかったのは、その所為だったのだわ）

　納得するノエに、リーヴィエは言う。

「後悔しなかったと言えば嘘になる。なにしろ、私は敬愛する陛下を裏切って嘘の報告をしたのだ。だが去年の秋、その判断が正しかったのだと、ほかならぬオルディスくんに教えられることになった」

途端に表情を暗くしたリーヴィエに代わり、オルディスが口を開く。

「あなたの社交界デビューの日、王があなたを陥れようとしていたことはご存じですか」

馬車で待ち伏せしていた件に違いない。

「陛下の口からそう、お聞きしました……」

そうでしたか、と沈痛そうに目を伏せたあと、オルディスは言う。

「僕はあの日、あなたにお逢いするのを楽しみにしていました。なにしろあなたは僕の出生の秘密を王に隠してくれている恩人のひとり娘です。ダンスもぜひ申し込めたらと、それで馬車から降りてくるのを待って顔を覚えたのです」

「……あ」

そうだ。初対面のときにオルディスは馬車からノエが降りるのを見たとか言っていた。

恩人のひとり娘だから――。

しくんと痛んだ胸を押さえると、オルディスは静かな口調で語った。

あの晩、王が不審な動きをしているのに気づき、中庭でノエを待ち伏せていたこと。ノエが危険な目に遭う前に呼び止めて助けるつもりだったこと。

「無駄足に終わりましたが。あなたは自ら踵を返して、運命を変えられましたから」

「それは、お姉さまたちがたまたま道を塞いでくださっていたおかげで」

「その幸運を呼んだのも、あなたの力ですよ。そしてあの瞬間です。僕があなたに興味を持ったのは」

胸を押さえていた手をさりげなく取られ、ノエはたじろぐ。

「恩人の娘という前提はそれ以来、捨てました。あなたがあなただったから、僕はダンスを申し込んだのです」

「オルディスさま……」

本当に？

粛清屋の血すじや家柄のことは一旦脇に置いておいて、という言葉に嘘はなかった？

骨ばった手を握り返し、見つめあうと、ごほんと向かい側から咳払いが上がる。リーヴィエだ。

「その直後だったな。オルディスくんが、陛下の企みを私に教えてくれたのは」

少々気まずそうな顔で言ったあと、すまなかったなと頭を下げる。

「許しておくれ、ノエ。私は陛下を正しいと信じていた。妄信していたのだ。おまえを危険に晒すまで気づかなかったとは、愚かだったとしか言いようがない」

「いいえ！」

ノエはすぐさま背すじを伸ばした。

「いいえ、お父さま。お父さまはずっと正しかったわ」

リーヴィエが王に忠実な態度を貫いてこなければ、すでにレコンシオン家は潰されていたかもしれない。その妄信は、妄信ゆえに正しかったのだとノエは思う。

信じる、と言うだけなら簡単だ。

けれど心の底から誰かを信じようとしたとき、その裏側には、裏切られるかもしれないという恐怖がべっとりと張りつく。そしてもしも恐怖から目を逸らせば、信じるという神聖な行為は妄信という名の危ういものに姿を変える。

だが、その妄信が必要なときもある。希望が必要なとき、確信を持てなくても信じるべきだと心が判断したとき——。

するとリーヴィエは少し疲れた表情で笑う。そしてオルディスに視線を送った。

「オルディスくん。私はひとつだけ、君に伝えておかねばならぬことがある」

「僕に、ですか」

「ああ。リリーローズ殿の死についてだ。目の前で死なれ、巻き込まれかけた君は彼女を疎んでいるかもしれないが、彼女は君を……本当は、心の底では愛していたよ」

ノエが見守る中、一通の手紙がリーヴィエからオルディスに手渡される。

「いつか渡せたらと思っていた。私宛ての、リリーローズ殿の遺書だ」

「遺書？　母は、衝動的に飛び降りたのでは」

「当時の彼女は正気と狂気を行ったり来たりしていた。これは、正気のときに記されたものだ。身を投げる瞬間までは正気だったはずだと、私は信じている」

訝しみながらも、オルディスは封筒を開く。便箋を広げ、視線を滑らせ、そして固まる。何事かとノエがオルディスの手もとを覗き込めば、褐色に変色した古い紙には美しい文字で、こう記されていた。『この命と引き換えに、どうか息子の秘密を守ってくださるようお願いします』と。

「では……では、母が身を投げたのは、運命を悲観したからではなく……」

「君を守るためだ。自らの命を差し出すほど、彼女は君を大切に思っていた。死を目前にして狂気に呑まれ、君を巻き込もうとした行為は許されるものではないがね」

ソファに座ったまま愕然とするオルディスを、ノエは立ち上がって正面から抱き締める。きっと泣きたいだろうと思った。けれどノエたちの視線に晒されていては泣けないだろう、とも。だからといって、ひとりきりにさせたくもなかった。

リーヴィエはその様子を見て、ゆっくりと席を立つ。己の役割はこれで終わり、あとはふたりきりで話したほうがいいと判断したのだろう。

無言で立ち去るその背には、安堵の色が染み出ているように見える。

ありがとう、とノエは声をかけようとした。ノエだけでなく、オルディスとその母親のためにも心を砕いてくれていた父だ。感謝しないわけにはいかない。

しかし、そのとき。

「おいっ、全員すぐに城を出ろ……!!」

ヨハンが息急き切って飛び込んでくる。何事だと尋ね返すまでもなかった。彼の背後でめらめらと燃える、橙色の炎が目に入ったからだ。

炎は城のあちこちで燃え上がっていた。

王の手の者が苦し紛れに仕返しに来たのではないかとノエは思ったのだが、城の外から攻撃されている様子はないとヨハンは言う。

「こっちだ。私の書斎に、一階へ続く隠し階段がある！」

廊下の先でリーヴィエが叫ぶと、オルディスがノエの手を引く。と、バチバチッと前方で火が爆ぜて、オルディスが庇うように覆いかぶさってきた。

「大丈夫ですか」

「は、はいっ」

「おいっ、おふたりさん！　イチャついてる場合かよっ」

ヨハンは剣を抜き、背後を警戒しながらノエとオルディスに先を促す。自身は火の粉を煩わしそうに払いながら、最後にリーヴィエの書斎に入った。

隠し階段があったのは、書棚の裏だ。これは、ノエも昔から知っている隠し階段だった。狭い階段を一気に下りると、一階の階段ホールにたどり着く。幸い、玄関に火の手はない。

使用人たちを逃がしながら、四人も急ぎ外に出ようとする。すると、

「オールディス、やぁっと見つけた！」

階段上から高い声が降ってくる。

振り返って見上げた先には、松明《たいまつ》を持った女の姿があった。夜会で着るようなドレスと宝飾品で身を包み、手すりから身を乗り出して嬉しそうに笑う。

「捜したわ。この城ってば暗くて、火がないと視界が開けないから困っちゃった」

「カミーユさま……」

末姫だ。彼女が城に火をつけたのだろうか。

その名を呼びながらも、ノエは信じられなかった。もともと細い姫君だったが、さらに痩せた。いや、やつれたと言ったほうがいいだろう。

しかし腹部だけはやけに膨れている。

もしや、身重なのでは。

そして思い出したのはリーヴィエの言葉だ。ラックが『愛を交わした証』であるという。先日、カミーユはラックにそっくりな猫を連れていた。あれを海の向こうの王子から贈られたとするなら——。

「おまえかよ、放火魔は！」

そう言ってヨハンが剣を振りかざそうとしたから、ノエは慌ててその手を止めた。

「やめてくださいっ。カミーユさま、おひとりの体ではないわ！」

前回王宮で会ったとき、彼女は『海の向こうの好きでもない男の子供を産む羽目になった』と言っていた。まさか、こういう意味だったなんて。

カミーユはまだうふふと笑っている。

炎にゆらゆらと浮かび上がる宝飾品の輝きも含めて、不気味としか言いようがない。

「ねえ、オルディス。わたくしを連れて逃げて。わたくしは政略結婚から、あなたはそこのつまらない女から逃げるのよ」

「……愚かなことを」

「愚か？　愚かなのはあなたでしょ、オルディス。わたくしは警告したのよ。わたくしの手を取らないのなら、その娘を鷹の餌《えさ》にでもしちゃうわよって」

ノエはオルディスの腕に護られながら、眉間にぎゅっと皺を寄せる。ガーデンパーティーの日、鷹が狙っているのが自分だと感じたのは気の所為ではなかったのだ。

「その警告に、僕は返答したつもりです。妻を狙うなら、許しはしないと」

オルディスの瞳に、冷たい光が宿り始める。

「ノエ」

すると、すぐ後ろからリーヴィエがこっそりと言った。

「おまえは先に逃げなさい。ここは危険だ」

「でも、逃げるなら皆一緒でないと」

「おまえがいては、彼らが末姫を始末するのをためらうと言っているんだ」

それは、これから残酷な行為がこの場で行われるであろうことを暗に示していた。

ノエはすぐにオルディスを見上げる。オルディスがそのとおりだとばかりに視線を返してきたから、ノエは首を振った。離れたくない。しかしリーヴィエの腕は容赦なく、力強くノエを引き寄せる。

無理に留まっては、きっと足手まといになる。頭ではそう理解しているが、それでも。

「オルディスさま……っ」

嫌だ。

離れるのは二度とごめんだ。彼がどうしているのか、本当に再び逢えるのか、己の在り方さえ疑って、真っ暗闇の中で道を探すような日々などもはや耐えられない。

どんな残酷な場面を目にしてもいい。一緒にいたい。彼が犯す罪なら、喜んでともに背負う。だから、側にいさせてほしい。

(だって、愛しているのよ)

ノエはリーヴィエの腕の中で、オルディスに向かって手を伸ばす。

すると、刹那。気づいたようにオルディスが真上を見上げる。そして突如、バネのようにノエの体を掻き抱き斜めに飛び退いた。

「きゃ」

短い悲鳴は、床を叩き割るような轟音《ごうおん》に掻き消される。飛び散るガラスの破片と地響きを、ノエはオルディスの腕の中で聞いた。

シャンデリアが落ちたのだと気づいたのは、オルディスが体を持ち上げてからだ。

「お怪我はありませんか」

はい、と答えようとして固まる。

ヨハンとリーヴィエの姿がない。まさか。最悪の想像をしかけたところで、玄関を少し外に出たあたりから、ヨハンがリーヴィエに肩を貸しこちらを覗き込んでいるのが見えた。

「親父さんは大丈夫だっ。そっちは無事か、オルディス！」

「ええ、もちろん。ですが……」

よかった、とノエが思えたのは束の間だ。

落ちたシャンデリアが、彼らとノエたちを完全に分かっていた。開いた玄関を斜めに塞いで、ごうごうと炎上している。

「……そんな……！」

逃げ道がなくなってしまった。

うろたえるノエを見て、階段上のカミーユはなおも笑う。

「このまま三人で心中、なんて思わないでちょうだいね。わたくしはちゃんと退路を確保してあるんだから」

そして松明を持つ手と反対の手をオルディスに向けて差し出した。

「いらっしゃい、オルディス。わたくしの手を取れば、あなただけでも助けてあげる」

ノエはどきっとしたが、オルディスは「いいえ、お断りします」と即答する。

「僕の妻はノワズティエ・レコンシオンただひとりです。たとえ死が待っているとしても、他の人の手を取るつもりはありません」

ノエの手は震えていた。

突き放すべきだ。彼を想うなら、カミーユの手を取るようにと。あなただけでも助かってくださいと、強引にでも背中を押すべきだ。わかっている。だが唇が。手が、そのように動いてくれなかった。

「……っ……！」

震えを振り切って、ノエはオルディスの左手を摑む。

そして、フロアの奥へ向かって一直線に駆け出した。

「こちらです、オルディスさま！」

隠し扉や抜け道なら知っている。産声を上げたときから過ごしてきた城なのだから、カミーユより詳しいはずだ。きっと大丈夫。

（ふたりでここを出るのよ。絶対に、ふたり一緒に）

そう思ったのに、隠し通路のある部屋にはすでに火が回っていた。そのうえ白い煙がもくもくと、奥から広がってきてノエたちを押し戻そうとする。

「げほっ……」

「大丈夫ですか。これで口もとを押さえて」

オルディスから差し出されたジャケットを口もとに当てると「オルディース！」と背後からカミーユの声が聞こえた。

追ってきている。

（嫌……！）

オルディスと離れたくない。

ただそれだけの気持ちで、ノエはオルディスの手を引いた。息苦しさと沁みる目の痛みに耐え、先へと進む。そして飛び込んだのは、すぐ側にあった納戸――この城の中で、ノエがもっとも好み、もっともひとりの時間を多く過ごした場所だった。

「その先は行き止まりよ、オルディス。だから出ていらっしゃい」

声が近づいてきて、ノエの背中には冷や汗が伝う。もし見つかったらどうなるだろう。もしオルディスを連れ去られたらと思うと、身がすくむほど怖かった。

すると幸いにも、カミーユはふたりに気づかずに廊下を引き返す。いっとき安堵して、それからノエはオルディスに「ごめんなさい」と詫びた。

「ごめんなさい、オルディスさま」

「何故あなたが謝るのです」

「だって」

退路はない。この城から逃げ出す方法が、ノエにはもうわからない。

「わたし、わたし……っ」

このままではふたりとも助からない。そう思うとオルディスにもオルディスの家族にも、リーヴィエにも申し訳なくてたまらなかった。

皆、力を尽くしてくれたのに。ぼろっと、大粒の涙がこぼれる。

「……わたし、オルディスさまがおっしゃるほど、純粋でも慈悲深くもありません……っ」

「一体何を」

「っく……助けなきゃと思うのに、渡したくなかったんです。あなたを、自分だけのものにしておきたかった。カミーユさまの手を取らせたくなかった。わたし、こんなに醜い人間なんです……っ」

しゃくり上げてうなだれると、すぐに両肩を摑んで正面を向かされる。

「あなたは間違えてなどいません。結婚前に申し上げたはずですよ。あなたが納得できるように考えた結果でしたら、他の誰が異論を唱えても、僕は必ず賛同します、と」

「でも……っ」

「醜いとおっしゃいましたね。僕は今、そんなことを口にするあなたに惹かれています」

涙の向こうにいる彼が、微笑んだように見えた。

「ずっと、愛など芽生えてはならない感情だと思っていました。母はそんなものに縛られて見境をなくし、命さえ投げ出したのですから。ですが」

唇が額に寄せられる。幼子をなだめるように、口づけられる。

「気づけば僕も、あなたをただ愛しいとしか思えなくなっていました」

「……ぅ、っく……」

「愛とはこういうものだったのですね。命を投げ出すことさえ、ひたすら尊くありがたい」

これは幻聴だろうか。命が尽きる前に、優しい幻を見ているのではないだろうか。現実を疑わずにはいられない。だって、愛しいなんて。

そしてオルディスはノエの唇をそっとついばみ、告げた。

「――あなたを愛しています、ノエ」

間近で聞こえた告白に、涙はますます堰《せき》を切って溢れ出す。全身が歓喜に震え、唇の動きさえままならない。

「ふ、っう……ぅ、わ、わた……しも……っ」

「大切なことですから、きちんと聞かせて」

「あ……愛しています。オルディスさまを、愛していますっ……」

膝立ちでオルディスの首に抱きつくと、腰に腕を回して力いっぱい抱き締め返された。

幻ではない。本当に気持ちが通じたのだ。そう思うと、彼の言うように尊くてたまらなかった。彼の存在も、互いの間に募った感情も。

「ノエと……もっと、呼んでいただけませんか」

「ええ。ノエ。僕の可愛いノエ。本当は、ずっとそう呼びたかった。ノワズティエ嬢と呼び続けていたのは、愛してはならないと自戒するためです」

「う……ぅ、オルディス、オルディス……ッ」

唇を重ね、情熱的に口づけあって、そしてまた愛していると囁きあう。

周囲の人たちを残して逝くことに心残りを感じても、もう後悔はなかった。欲しかったものは、手に入った。オルディスが、ノエのすべてだ。喜びも悲しみも、彼がいればこそ。

この腕の中で死んでいけるなら、こんな幸せはない。

命の終わりを覚悟して、ノエは目を閉じようとする。

しかし、オルディスの注意は何故だか周囲に向いていた。

「ノエ、不思議だと思いませんか」

「何がですか」

「この部屋には、煙がまったく入り込んでこないのです」

言われてみればそのとおりで、息苦しさも視界の悪さも、納戸に入ってからは少しも感じていない。煙は廊下を素通りしている。ほかの部屋が炎上しているのにここが蒸し風呂にならないのも、考えてみればおかしな話だった。

(どうしてかしら)

ノエが首を傾げる前で、オルディスが奥の壁に張り付く。

「冷たい……?」

そしてノエも気づいた。部屋の角、奥の壁と左右の壁の隙間からかすかに風が吹き込んできていることに。

――もしかして。

顔を見合わせ、ふたり同時に奥の壁を叩く。するとそれは驚くほど脆く、いっぺんに半分も崩れ落ちた。途端に、潮の香りの濃い風がどっと流れ込んでくる。

「……あ……」

ふたりの前に現れたのは、岩を削っただけの荒々しいトンネルだ。下へと伸びる狭い階段も。ずっと先には光が見え、波の音がかすかに聞こえた。

海に続いているに違いない。有事の際は飛び込んで死ねと言われていた、崖下の海に。

途端にノエが思い出したのは、亡き母のこと。

困ったときはここに入れば大丈夫だと言っていた。納戸が居心地のいい場所だと教えてくれた。あれはこの階段の存在を知っていたからなのでは——。

「行きましょう」

オルディスが差し出した手を、ノエは迷わずに取る。そしてふたり手探りで狭い階段を下り始めた。

向かうのは、月光輝く夜の海。淡くても、確かに光のさすほうだ。

10. お婿さまは下僕さま

それからのひと月、ノエは毎日慌ただしく片づけに追われた。

レコンシオン家の城には、特権階級の者たちの身元や動向が記された調査報告書の控えが保管されていた。代々守り受け継いできたその膨大な紙束が、見事に焼け残ったからだ。

どうやら火事の際に焼失せぬよう、隠し書庫だけには入念な防火対策がなされていたらしい。これを一旦隠さねば、城の再建が進まぬのは当然の道理。

リーヴィエ、ノエ、オルディスの三人はこつこつと木箱に入れては森の中に運び、地面を掘っては木箱を埋めて隠し……作業が終わるまでに、ひと月を要したというわけだ。

オルディスはノエを働かせたくなかったようだが、ノエだって彼に肉体労働などさせたくない。それで、お互いに譲歩して一緒に作業をしたのだった。

「ただいま戻りました……」

へとへとの体を引きずるようにして三人が戻ったのは、街中にあるヴゼットクルエル家のタウンハウスだ。

「お帰りなさいませ、奥さま。旦那さま、大旦那さまも」

年嵩《としかさ》の家令が三人を迎え入れ、居間に温かい紅茶を運んでくれる。

「すぐに夕食の支度をいたしますので、少々お待ちください」

「すみません、よろしくお願いします」

もはや身の回りのことを自分でしようという気も起こらない。ノエはぐったりとソファに腰を下ろし、ふうっと長い息を吐く。

住む場所をなくした三人に、この屋敷で暮らすようにと声を掛けてくれたのはオルディスの育ての父——ヴゼットクルエル家の当主だった。リリーローズとオルディスの秘密を護り続けたリーヴィエに対し、彼は並々ならぬ感謝の念を抱いているようなのだ。

「今夜は乾杯といきましょうか。崖の上の城での作業が終わったお祝いです」

火のない暖炉を前に疲れた肩を回しながら、オルディスは言う。

「おお、それはいい。婿殿、一杯やるか」

リーヴィエがグラスを傾ける仕草をしたから、ノエは「お父さま」と顔をしかめた。

「お酒はだめですよ。ここはヴゼットクルエル家からお借りしている、大切なお屋敷です。調度品を壊したり汚したりしては大変ですもの」

「今日くらいはよかろう。このひと月、老体に鞭を打って頑張ったのだぞ」

「でしたらなおさらのこと、お酒ではなく疲労回復効果のあるハーブティーを飲みましょう。体も温まりますし、夜もぐっすり眠れますわ」

「ハーブティーか……」

がっくりとソファに沈むリーヴィエを見て、オルディスは気遣わしげに言う。

「大丈夫ですよ、ノエさん。お義父さんが酔われても僕がいますし」

ノエさん、という呼び方をされるようになったのは、この屋敷にやってきてからだ。壁をもうける意味ではなく、愛していても敬う気持ちは持ち続けていたいから敬称を使いたいとオルディスに言われ、ノエは了承した。些細なことでも、相談して決めようという彼の夫らしい姿勢が嬉しかった。

「何があっても僕が責任を持ちますから、今夜だけは大目に見てくださいませんか。せめて、ワインの一杯くらいは」

「……オルディスさまがそうおっしゃるのなら」

「おお……我が家の婿殿はなんと頼もしい……！」

リーヴィエが祈るような格好で歓喜したときだ。

カンカンッ、と玄関扉のノッカーが鳴る。年嵩の家令が急ぎ向かうと「よう、元気かぁ？」と陽気な声が聞こえてきた。直後、居間の扉から見知った顔が覗く。

「久しぶりだな、レコンシオン家の面々」

「ヨハンお義兄さま！　クリストフお義兄さまも、お義父さまもっ」

ノエがヨハンに会うのはひと月ぶり、クリストフと義父に会うのはヴゼットクルエル家を訪問して以来だ。ぞろぞろと現れた彼らを見て、リーヴィエはソファから飛び起きた。

「これはこれは……！　お会いできて光栄です、ヴゼットクルエル家のご当主どの」

「こちらこそ、ずっとお会いしたいと思っておりました。突然の訪問にて、驚かせてしまい申し訳ありません」

父親同士で抱き合って挨拶を交わしたあと、リーヴィエはクリストフとも固い握手をする。ヨハンはずかずかと部屋の真ん中を突っ切り、末弟の肩を両手で叩く。

「おうおう。その後はどうよ、オルディス。夫婦仲良くやってるか？」

「ええ、おかげさまで」

「それだけかよ。もっとこう、お兄ちゃん会いたかった！　元気そうで嬉しい！　みたいな歓迎の仕方はないわけ？」

「その節は大変お世話になりました。今後とも、親戚として良きおつきあいを」

「あからさまに面倒そうにしやがって……新妻ちゃんのことは饒舌《じょうぜつ》に語るくせによ……」

ぶつぶつとヨハンが文句を言い始めたから、ノエはオルディスの隣からぺこっとヨハンに頭を下げた。

「お久しぶりです、ヨハンお義兄さま。お元気でいらっしゃいましたか？」

「ん？　いたのか、新妻ちゃん」

またもや存在に気づかれていなかったらしい。何度も会っているのに、まさか顔を覚えてもらえていないのだろうか。ああ、ありうる。

苦笑するしかないノエに、ヨハンは言う。

「俺は見てのとおり、ピンピンしてるさ。多少の火傷痕《やけど》も男の勲章ってな。ところでオルディス、粛清屋の跡を継いだって？　おまえ、俺を差し置いて公爵さまかよ」

そうだ。

オルディスはリーヴィエからレコンシオン家の家督を譲り受けた。そして婿の立場でありながら、粛清屋の役割を継いだのだ。

この例外的措置を許したのは、ほかでもない。

モントヴェルト王本人だった。

もちろん本意ではなかっただろう。しかしオルディスの素性を知り、海の向こうの島国を敵に回したいかと脅されては、要求を呑むしかなかったのだ。

「海と陸、両方からいつ攻められるかわからないという危機感は、今までとは比べ物にならないほど強いのでしょう。なにしろ、ヴゼットクルエル家は国境を守っています。陸続きの敵国に、さあどうぞといつでも道を譲れますからね」

ノエは王の心中を察して同情せずにはいられない。酷い目には遭わされたが、これまでの恐怖が二倍に、いや、それ以上になるかと思うと少々不憫だ。

「あの、島国の王はご存じでいらっしゃるのですか。血を分けた我が子が……オルディスさまがこの国にいること」

ノエの問いに「ええ」と答えたのはオルディス本人だった。

「母が攫われたことも知っているようです。しかし王には正妃がいます。母との関係は極秘、僕は不貞の子です。たとえ助けを求めたとして、王妃の手前、表立って動いてくれる可能性は低いでしょう」

「……それって」

目を丸くしたノエに、そうだよ、とヨハンが言う。

「オルディスがモントヴェルトに突きつけた脅し文句は、半分ハッタリさ。少し考えればわかりそうなことに怯えて、モントヴェルトはオルディスの言い分を受け入れたってわけ。臆病にもほどがあるよな」

そしてソファにどかっと腰を下ろす。

「あーあ、せっかくならやっちまえばよかったのに、クーデター。モントヴェルトの首を取って、オルディスが王にでもなればよかったんだよ。そうすりゃさすがに島国の王だって後ろ盾になってくれただろうし、俺も王の兄として王族の一員になれたのにさ」

「僕はこれでいいんですよ、ヨハン兄さん」

オルディスは笑う。ノエの腰に手を回し、抱き寄せながら。

「僕の存在は、島国の王族たちに混乱をもたらします。なにしろ、島国とはまた別の国の王族の血も継いでいるのですから。疎まれるのは確実ですし、僕を排除しようとする力がノエさんにも及ぶかもしれません。それは僕がもっとも望んでいないことです」

その言葉は、ノエがこのひと月幾度も聞いたものだった。

「僕はもともと権利など欲しくありませんし、母を他国に取られたまま放っておいた父親にも逢いたいとは思いません。このままモントヴェルトを隠れ蓑に、この国でひっそり暮らすのが一番の幸せなんです」

ノエは――もし叶うものなら、オルディスは本当の父親に会ったほうがいいと思っている。会えなくなってからでは、いくら後悔しても遅いからだ。

しかしオルディスの決意は固いようだった。父親の国へ行っても、母の生まれ故郷へ行っても、火種となりかねない。ならば異国の地に身を隠しているのが最良の策なのだと。ノエを思ってそう言っているのだとわかるから、それ以上強くは言えなかったが。

「だがなぁ」

ヨハンは不満そうだ。あれだけオルディスのために働いたのだから無理もない。

すると、オルディスは含みありげな笑顔で言う。

「ヨハン兄さんには、身分の高い美女との結婚を斡旋しますから」

「……乗った」

しっかりとふたりが握手を交わしたところに、クリストフがやってくる。その手に握られているのは酒瓶だ。ハッとしてノエが振り返ったときには、父親たちふたりが揃ってグラスを空にするところだった。

夜も更けて、ノエは寝室の扉をそろりと開く。

リーヴィエは酔い潰れて居間のソファで熟睡、残りの三人は酒場で飲み直すと言うので送り出し、入浴を済ませた。先に風呂から上がったオルディスは眠ってしまったかと思いきや、ソファに腰掛けて本を捲っていた。

ノエがやってきたことに気づき、本を閉じて立ち上がる。

「ノエさん。今日は大変でしたね、四人もの酔っ払いの相手をする羽目になるとは」

「いいえ、そんなことは」

顔の前で手を振りながら、ノエはオルディスの前まで歩み寄る。

「お父さまは宴会開始早々に熟睡してしまいましたし、ヴゼットクルエル家の方々は揃って酒豪で普段とお変わりありませんでしたし……。それにオルディスさま、飲んでいるふりをして、ほとんどお酒に口をつけていらっしゃらなかったでしょう？」

「よく見ていらっしゃいましたね」

「……それは、だって」

目が合って、思わずすいっと逸らす。

宴会の間じゅう、ノエにはオルディスしか見えなかった。いかにヴゼットクルエル家の面々が麗しくても、ノエにとってはオルディスだけだ。気づくと彼に視線を吸い寄せられ、見つめてしまっていた。いつもより、さらに気になってたまらなかった。

それというのも——。

「だって、ひと月以上もおあずけだった、から」

生活の場がこの屋敷に移ってから、オルディスは一度もノエに触れていない。

報告書の運び出し作業が終わるまでは『なし』にしようと提案されたのは、引っ越し翌日のことだ。慣れない肉体労働に精を出すノエを気遣ったのだろうが、ノエのほうは、本当はずっともやもやしていた。

オルディスは今や、想いの通じた相手。

同じベッドの上、寝息の聞こえる位置にいて意識せずにいろというのは無理な話だ。

「ですが、ノエさんは今夜こそ、このひと月で一番疲れていらっしゃるのではないですか？　最後の最後に、やり切ってしまおうと無理をしましたし」

「いじわるを、言わないで……」

ノエはオルディスに歩み寄り、その胸に掌を当てる。そっと寄り添い、シャツ越しの胸に頬ずりをする。

「オルディスさまさえ大丈夫なら、わたしは」

これ以上は待てない。体を休めろと言われても、悶々としてしまって眠れない。

今日まで我慢しようと必死で自分を抑えてきたのだ。今日までは、と。

「僕は、体力には自信があるのですよ。そう、以前も申し上げたでしょう」

「……覚えています。だから」

「ならば、どのように僕を煽るべきか……ご存じですね？」

頬を両側から掌で包み込まれ、間近で微笑まれる。細められたペリドットの瞳は、涼しげだが蠱惑《こわく》的で、よくよく見れば奥に独特の熱を持っている。

「オルディス」

脈が速まっていくのを感じながら、ノエは命じる。

「わたしを、抱きなさい」

バスローブの紐を解くと、はらりと前が開いて下着をつけていない肌が覗く。

「一か月ぶん抱いて、触って、たくさん抱き締めて……お願い」

「ええ、お望みのままに」

口づけはまず鼻先に落ちてきた。少々強気に、ノエを後退させるように。思わず一歩下がると、もう一度。さらにもう一度、と繰り返し。

ノエの踵は、やがてベッドの踏み台に行き着く。すると腰をすくい上げられ、ベッドの上に押し倒されて……。

「あ」

両足のすねを撫で下ろされたと思ったら、室内履きをするりと脱がされた。両足を持ち上げられ、それぞれの甲に順番に唇を寄せられて、背すじがぞくっと粟立つ。

「っ……ん」

「本当は、毎夜、触れたいと思っていました」

「あ、っ……指、舐めるの、は」

「舐めさせてください。『待て』ができたご褒美として」

　ぴちゃ、と音を立てて親指と人差し指の間に舌を差し込まれた。こうなる気がしたから、本当は、ノエは浴室でよくよく足の指まで洗っておいたのだった。

　オルディスは――オルディスの本質は、あの火事以前と変わりない。レコンシオン家の家督を継ぎ、ノエを呼ぶときは敬称を忘れず、何をおいてもノエ優先。下から見上げるようにノエを見る。外では夫として振る舞うようになってからも、下から見上げるようにノエを見る。

　愛していても敬う気持ちを持ち続けていたいと彼は言ったが、献身こそが彼にとっての至上の愛情表現のようにも感じられるから、すべて受け止めていたいとノエは思う。

「ん、あ……っ」

　下着を脱がされ、すねを膝までつうっと舐め上げられて、震える。このまま秘所に、と期待したが、オルディスはノエの膝に口づけて体を持ち上げた。

「あなたの体は甘い香りがします。僕を誘う、この世で唯一の香りです」

　ぞくっとした途端、よじった腰の下に腕を差し込まれ、唇を斜めに奪われた。

「んんっ……」

　生温かい舌はすぐさま唇を割って入り込んできて、ノエの舌に絡む。とろりとした液が流れ込んでくると、自然と喉が鳴る。

「は、っ……ぁ、おいし……」

　オルディスがくれたものだと思うと、顎が痛くなるほど甘い。もっと、とねだるようにその頬に触れたら、さらに深く口づけられた。

「ンぅ……ぁ、んん、はぁ……っ」

巧みなキスの間に、彼の片手はそつなくノエからバスローブを奪う。相変わらずの手際の良さだが、以前の冷静さはない気がした。

「僕を見ていてください」

乞われて視線を下げると、目を合わせたまま左の胸の先をついばまれる。

「っ、あ」

ちゅっと吸ったあと、舌でちろちろとくすぐられ、思わず肩が跳ねる。恥ずかしくて、頬がかあっと熱くなった。

それを見て、喜ばしそうにオルディスは微笑む。ノエの両肩をやんわりと押さえながら、さらに大胆に舌を動かす。

「はぁ……っ」

赤い舌が桃色の先端に絡み、艶を移していく様は淫らだが品がある。

そう感じるのは美貌の所為ではなく、心がけて丁寧に触れているからだろう。

「ん、んん」

恥ずかしいはずなのに、目が逸らせない。

唇を噛んで声を殺していたら、くすっとかすかに笑われる。

「大丈夫ですよ。使用人は今夜、二階にはやってきません。近寄らないようにと伝えてあるので」

「……え」

「こうなるのでは、と期待していたのはあなただけではないという話です」

ノエは目を丸くしたあと、思わずくすっと笑いを漏らした。同じように考えていたとは、少しは夫婦らしくなってきた証拠だろうか。

「ですから、存分に乱れてください。僕のためにも」

右胸の頂が、彼の口の中に消えていく。

飴玉でも舐め転がすように愛撫され、同時に右胸の先に絡んでいた唾液をとろとろと指先で捏ねられると、甘い声を上げずにはいられなくなる。

「あ、あ……っ、ん、ぅ」

「両方とも、しっかり起ち上がってきましたよ」

ふたつの先端が天を向くと、つまんでそっと引き上げられた。

「ふ、あ」

ぱっと放されると、膨らみは柔らかそうに波を打つ。

結婚前には目立たなかった胸が、この頃豊かになった感じがするのは……ノエの思い違いではないはずだ。こうして触れられていると、さらにふんわりと柔らかく膨らむようなのも。

その変化にオルディスも気づいているのか、いないのか——。

続けて熱心に先端を弄られる。くにくにと根もとから折るように、あるいは膨らみに押し込んで、それから膨らみを寄せて揺らしながら舐められたりもして、快感はみるみるもどかしさへと姿を変える。

「んぁ、っ、あ……ふ、ヤ、もう……っ」

他の場所にも触ってほしくて身をよじると、察したように膝の間に割り込まれた。彼の手がドレスの裾から入り込んでくることをノエは期待したが、オルディスはまだ同じように覆いかぶさったまま、ふたつの胸に掌を押し当ててくる。

「今日はまず、胸だけで達く姿を見せていただけませんか」

「え？」

「以前より感じるでしょう？　久しぶりですから。その調子で、昂りきって弾けて見せていただきたいのです」

何を言っているのだろう。胸だけで、というのは。

うろたえるノエの耳に唇を寄せ、オルディスは囁く。

「頬を叩く代わりに、僕を焦らしていただきたいのですよ。精神的な平手打ち、というわけです」

間近で微笑まれ、どきっとした隙に脚を大きく左右に開かされる。

「あ、ヤっ……」

膝を閉じようとしたときには、彼の胴が太ももの間にあってそれを阻まれた。

胸の膨らみを左右から寄せられ、先端を親指で弾かれる。胸と胸の間にできた谷には顔を埋められ、はあっと温かい息をかけられた。時折どちらかの先端をじゅっと強めに吸われるのも良くて、ノエは自然と腰を浮かせてオルディスの胴に押しつけようとする。しかし、うまくいかない。

「お、オルディスさ、まぁ」

下半身をくねらせながら、ノエははあっと熱のこもった息を吐いた。

両胸がじんじんする。

執拗に弄られている先端もいいけれど、膨らみ全体も過敏になってきた。摑まれているだけで心地いいのに、揺らしたり揉みしだいたりされると、息が止まりそうなほど好く感じる。

「っは……ぁんっ……ん……舐め……てっ……」

「仰せのままに」

つうっと焦らすように鎖骨に舌を這わせられたから、たまらず彼の頭を抱えた。そこじゃない。胸を突き出し、濡れた唇に右の先端を含ませる。

「ここよ。お願い、いやらしくして……っ」

答えてじゅくっとそこをしゃぶられたら、腰がびくっと跳ねた。

(嬉しい……)

蜜がお尻のほうへ滴っていくのがわかる。とろとろと、とめどなく。

内壁がひくつくたびに切なくて、空虚さが苦しかった。秘所に触れてもらえないのが切ない。でも、胸が。割れ目の中の粒みたいに鮮やかに感じる。

「っ……はぁ、あなたの胸は、吸えば吸うほど甘い香りが強くなりますね」

「ああ……っオルディスさまの口、とても、気持ちいいの……っ」

「……喜んでいただけて、嬉しいです」

もう片方の先端を頬張る前に、オルディスは右の掌をぺろりと舐める。それで硬くなった右胸の先を、膨らみと一緒に揉み込まれた。

「あ、あ、あ……っ」

右も左も、同時に舐められているみたいだ。ぬるぬると、なめらかに。

ノエがふるっと震えると、ますます熱心に胸を責められた。

蜜の溢れるままになっている蜜口が、焦れったい。震えながら腰を浮かせば、内腿をかすかに彼の脚衣が撫でた。ぞくっ、と期待が高まる。

「ふっ、あ、ヤぁ、っわたし、きちゃ、います、っ」

「達ってください。僕のために」

「だめ……っ、もう、っ」

「僕を欲する淫らな衝動を、その身をびくつかせて見せつけてください」

想像させないでほしかった。

胸を弄られているだけなのに、内壁がぎゅうっと閉まる。もしも繋げられていたら、強い圧迫感がそこにあるはず。欲しい。今すぐに蜜道をぴったりと満たしてほしい。

くる。もうだめ。耐えられない――。

「あ、あぁああっ……」

びくびくっと全身を痙攣させて悶えるノエを、オルディスはうっとりと見つめる。

この光景を、心待ちにしていたのがよくわかる恍惚の表情だ。粘度のある視線が心地よくて、もっと見てほしくて、ノエは存分に腰をはね上げて身悶えた。

「ん、っあ、あ……っ」

「まだ弄っていてさしあげますから、もっとよがって」

「あぁ、ふ……っ、やぁ、ん、あ」

両胸の先は、まだ責められている。きゅっとつまんでさかんにしごかれ、空虚な蜜道は切なくわなないた。

胸だけでこんなに心地いいなんて、繋がったらどうなってしまうのだろう。

「……はぁ、っ……」

「ありがとうございます。見せつけてくださって。ぐったりしたあなたも綺麗ですよ、とても」

力を失ってただ呼吸をしていると、秘所に硬いものがあたった。

「とろとろにほぐれましたね……」

埋められる、とノエは期待に息を呑んだのだが、それは溢れた蜜をすくいとるように、お尻のほうからゆっくりと割れ目をなぞる。前にさしかかると敏感すぎる粒をぐっと潰され、その鮮烈さに背中が大きく反り返った。

「あ……！」

「次は、ここで弾けて見せてほしいのですが」

ぐりぐりと女芯だけを屹立で弄られて、収まったはずの痙攣がまた押し寄せてくる。

「ふあ、ん、っは、ヤ、まだ、弾けたばかり、ですから……っ」

このまま触れられ続けたら、どうにかなってしまう。

だが、久々に受ける愛撫には強い中毒性もあるようで、開いた足を閉じようという気にはどうしてもなれなかった。

「ヤあっ、あ、あんんっ、そこばっかり、いじめては、いやぁ、っ」

もっと全身に触れてほしい。全身全部で彼を感じたい。

我慢できず自ら乳房を掴もうとすると、その手を引き寄せて握られた。

「いや、ではないでしょう。ほら、ここはこんなにも感じたがっていらっしゃいます。本当は、僕に見せつけたいのでしょう？　さかんによがり狂う姿を」

両手をそれぞれ握った状態で、割れ目にゆるゆると屹立を前後させられる。物足りなさの残る蜜口は、硬いものがさしかかると縋るようにそれに吸い付いた。

「ひぁっ……ア、や、ああんっ」

「さかんに口づけてきますね……下の口まで健気とは、あなたは本当に可愛らしい」

「だ、っめ……っあ、ん、あんっ、くる、またきちゃい、ます……っ」

昂ぶる気配にぶるっと身震いすると、オルディスの体勢が前のめりになる。すると張り詰めたそれはますます強く花弁と中の芯に当たり——。

「達ってください」

ぐりっ、と秘所全体に雄杭を押しつけられたら、簡単に二度めの堰を越えてしまった。

「ああっ、あ……やあ……!!」

一度めより激しく全身をびくつかせ、ノエは達する。

(今夜のオルディスさま、今までと違う……っ)

弾けるのも久しぶりなのに、二度めとなると完全に体の制御がきかなかった。

ベッドが揺れて、天蓋から下がるカーテンがわずかになびいている。このままでは、床に転げ落ちてしまいそう。

思わず後ろ手にシーツにしがみつくと、嬉しそうに頬に口づけられた。

首すじ、鎖骨、お腹や膝にも。

「全身が紅潮して、ますます美味しそうですよ」

そう言ってかぶりつかれたのは、秘所だ。潤《うる》みきったそこを大胆に吸われると、怖いくらいの快感が下腹部を満たした。

「やあ、もうっ……もう、繋げて……ぇ」

「まだ、味わい始めたところですから……ああ、甘い……」

ぺろ、と舌で蜜をすくっては喉を鳴らすさまが、やけに意地悪に感じられる。舌先が触れる女芯はすっかり膨れきって、少しの刺激でも破裂しそうだ。

「お願い、オルディス……さま、わたし……これ以上、はっ……」

「嫌です。せっかくあなたが僕のために、こんなにたっぷりとくださったのに」

お尻のほうに垂れた雫まで舐めとられ、腰が浮きっぱなしになる。

「ア、っん、ヤぁ、感じ、すぎちゃ……っ」

「美味しい……はぁ、ますます溢れて……」

「イヤ、ぁ」

もう、こらえていられない。欲しくて欲しくて、意識が飛んでしまいそう。

「あ、あっ……あ」

とにかく必死でオルディスの頭を持ち上げ、愛撫を止める。

「もう、挿《い》れなさい……っ」

息も絶え絶えに涙目で訴えると、オルディスはやや残念そうに、けれどぐっときた様子で体を持ち上げた。覆いかぶさられると、張り詰めたものが再び秘所にあてがわれる。

「では、お望みどおりに」

わずかに入り口を割られただけで、奥まで先行して期待が駆けのぼった。

思えば――最後に触れたのは、想いが通じる前だった。

好きで好きで、だからこそ信じきれなくて、苦しくて。今はただ触れたいばかりで、何の疑いもなく触れられて、こんなに幸せでいいのかしらとノエは思う。

(不思議ね。幸せすぎても不安だなんて)

くっ、と先端が入り込んできたから、ノエは息を呑んで全身の感覚をそこに集めた。

「んんっ、ぅ……硬い……っ」

「……ッ、あなたの中はいつも、とても温かいですよ」

短く、はっと吐かれる息。ゆっくりと腰を進めるオルディスは、いっぺんにこの快感を味わってしまうのが惜しいとでも言いたげだ。

ノエも同じ気持ちだった。

離れていたぶん、特別じっくりと感じたい。繋がれる幸せを実感したい。

先端の丸みを埋められただけでまた達してしまいそうになって、息を止める。

「……ふ、っ……」

すると、オルディスのほうがふるりと肩を震わせた。

「そ、んなに……焦って、ひくつかせないで、ください」

「ん……っ、そんな、こと……」

「ほら、また……っ」

真上で息を呑んだ気配がする。自覚はなかったが、ノエの内壁は弾けた直後と同じくらいにひくついていた。

(でもっ……止められない……っ)

彼の形を確かめるように、内壁がぎゅうぎゅうと屹立を絞る。襞のひとつひとつが絡みついて、離れない。そして奥へ奥へと吸い上げるのを、ノエはどう頑張っても抑えられそうになかった。

「だめぇ……っだって、快すぎる、から」

はあ、と胸を上下させると、胎内のものはわずかに震えた。

「く……、知りませんよ、どうなっても……！」

額の汗を雑に拭うと、オルディスは一気にノエの奥の奥を打った。

「あ……！」

なだれ込んでくる、膨大な愉悦。

間を置かずがむしゃらに突かれ、揺さぶられて、ノエは無我夢中で彼の肩にしがみつく。目を閉じると、白い閃光が瞼の裏で光っていた。

「あ、あ、っ」

「はあ……っノエ、ノエ……」

いつになく無心になって内側を貪《むさぼ》る様子が色っぽくて、クラクラする。

ひたすら出入りを繰り返し、奥を打っては押し上げて、オルディスは豪快だが巧みにノエを昂ぶらせていった。

「僕のものです……」

「あ、はあっ……あ、あぁ、んっ……」

「僕だけの、妻……です」

大きく揺さぶられながら、ノエは密かに涙をこぼす。この腕の中でなら死んでもいいと思った、あの気持ちに嘘はなかった。

だが、今は生きていたいと思う。彼と一緒だからこそ、たとえ業火《ごうか》に呑まれても生きていたい。

「受け……っ止めて、ください」

ああ、吐き出される。奥に、あの恋しい熱を与えてもらえる。

ノエはそう期待して頷こうとしたのだが、オルディスは「僕の愛を」と続けて言う。

「一生、受け止めていて、ください」

汗の雫が降ってきて、それすら愛しくて、両足を彼の胴に巻きつけた。

「ん……っ一生で、いいんですか……？」

ノエの返答にオルディスは驚いた様子を見せたが、それでも腰を止めなかった。

「いえ……、死したあとも、と……言うべきでした……、ク」

目前の眉間にぎゅっと切なそうな皺ができて、ノエは彼の背にいっそう強くしがみつく。

そして、一滴も余さず受け止めさせてもらいたいと願った。

愛情も、欲も、綺麗なものも、そうでないものも、すべて。

「っ、あ！」

びくん！　とノエが達して腰を跳ね上げると、同時に奥に熱いものがしぶく。

「ふ、ッ……」

「あ、っあぁ、あっ……!!」

愛していると言いたくて、言葉にならなくて、ノエはオルディスの唇を夢中で奪った。まだ、もっと激しく触れ合っていたかった。

すると、奪い返すように口づけ返される。舌と舌を絡めて、吐息さえ混ぜ合わせられる。荒い息をしながら懸命にそれに応え、ノエはオルディスの髪を撫でた。

柔らかな髪が指の間をすり抜ける感触までも、心地よかった。

情熱的な水音がベッドの上に響いていたのは、束の間のことだった。

息の整わないうちにオルディスは己を引き抜き、汗ばんだ体を下にずらす。そして今まさに己が精を吐き出した場所の入り口を舐めだした。

「あ、そ、んな……っ」

「綺麗ですよ。周囲がふっくらと膨れて……熟《う》れた果実のようです」

蜜口を唇にやんわりと挟まれたら、びくびくっと腰が揺れていた。

「っは……ん、ん」

そこがこれほど敏感になる場所だとは、知らなかった。

ノエはもうだめ、とかぶりを振ったが、オルディスは秘所周辺の蜜を舐め集めるのをやめない。わざとらしく音を立てて、溢れた液を美味しそうに啜る。

「味わいたかったんです、とても。残せるはずが……ないでしょう」

もはや、ノエには止める力も弾ける欲も残っていなかった。胸で浅く息をして、全身を小さく揺らす。オルディスの好きなようにされるなら、どうなったってかまわなかった。

だがその愛撫は、今までのようにノエを昂らせるものではなかった。

むしろ昂りきった熱を冷ますように穏やかで、瞼が自然ととろりと落ちる。そしてノエはすうっと舟が沖に流されるみたいに、いつの間にか、優しい眠りに落ちていったのだった。

エピローグ

オルディスが気づいたとき、ノワズティエはすでに寝息を立てていた。

乱れたままの姿で、無防備にもすぅすぅと。彼女が寒そうに身震いをしたので、オルディスは濡れた秘所を舐めるのをやめ、色白の体を布団でくるんだ。

寝顔があまりにも可愛くて、たまらず唇を重ねる。

一度でやめるつもりがやめられず、五度繰り返したあとにちろりとその唇を味わった。

(……どうしてこんなに甘いのだろう)

事前に甘いものを口にしたわけではないだろうに、ノワズティエの唇はこのうえなく甘く芳醇だ。良い環境で寝かせたワインのように。

このままでは再び火がついてしまう。そう思って、オルディスは短く息を吐く。

やっと手に入った初夜だって、こんなに欲深くはなかった。愛を肯定したら、完全に舵が取れなくなってしまった。

「恋も愛もまるで免疫がないもので……というのは、言い訳ですね」

頬杖をつこうとして、オルディスは自分が全身にびっしょりと汗をかいていることに気づいた。このまま寄り添って寝ては、大事なノエが風邪をひく。もう一度浴室で熱い湯でもかぶろうと、オルディスはバスローブだけを身につけて部屋を出た。すると、

「オルディス」

階段の下から声を掛けられる。見れば、クリストフがシャツにベストという軽装でこちらを見上げている。

「今夜の宴会はお開きですか?」

「ああ。父さんが酒場で酔い潰れたから、引きずって帰ってきた。今、ヨハンが一階の客間のベッドに寝かせに行ったところだ。おまえは? もう休むところか」

「もうひと風呂浴びてから、と思ったのですが……、少し話しますか?」

「ああ」

足を向けたのは、二階のバルコニーだ。二階ならば今夜は使用人もやってこない。

「それで、その後はどうだ、オルディス」

家々に灯る明かりを眺めながら、クリストフは言う。

「モントヴェルトはしおらしく、おまえの言うことを聞いているか?」

「ええ。今まで自分の身を守ってくれていた粛清屋から睨まれているわけですから、精神的には相当な負担かと」

「そうか」

短い返答からは、いい気味だといった雰囲気が伝わってくる。ヴゼットクルエル家の跡取りとして生きる道を狭められてきたクリストフには、特別思うところがあるのだろう。

オルディスは少々間をおいてから長兄に向かって頭を下げた。

「すみません。兄さんたちはクーデターを望んでいたのに、叶えられず」

「いや、とうの昔に無理だとわかっていた。島国の王を後ろ盾にして、おまえをこの国の王にしようなどというのは、大それた話だったのだと」

クリストフは夜空を見上げ、やけにさっぱりとした笑みを浮かべる。

「私にもヨハンにも、ヴゼットクルエル家の血が流れている。たとえ母の母国に戻っても、王族としての身分など得られるはずがない。本当は、最初から理解していたのだ。ただ、夢を見たかっただけだ」

「兄さん……」

「そんな顔をするな。私は充分ありがたいと思っているぞ。おまえが王宮で睨みをきかせていてくれれば、私も敵国の姫に限らず自由に嫁取りができるからな」

「安産型ですか」

「そうだ。女は顔でも身分でもない。尻だ」

真顔で頷かれて、思わずオルディスは噴き出した。長兄らしい。そこに、ふたりの気配を察したのかヨハンがやってくる。

「なんだよ、ふたりだけで楽しそうじゃん。身分の高い令嬢たちとの会食の予定を組むつもりなら、俺も仲間に入れろって」

「そんな予定はありませんよ」

「嘘をつけ」

平気な顔をしてはいるが、相当酔っているらしい。肩を組まれ、濃いアルコール臭を感じて、オルディスは苦笑する。

「ヨハン兄さんもクリストフ兄さんも、相当屈折していますよ。やはり、報われない恋を見て育ったせいでしょうか。僕の母も悲恋なら、そんな母に恋したヴゼットクルエル家の当主も悲恋でしたし」

「一番屈折してるおまえに言われたくねぇよ」

「そうだ。同じ環境で育って、もっとも曲がっているのはオルディスだ」

「まさか」

己はまっすぐだとオルディスは思う。

オルディスには無条件でノエだけ。かしずいて愛を捧げる関係は、まるで信仰のように純粋だ。少しも曲がってなどいないのに、この崇高さが彼らにはわからないのだろうか？

「さてはオルディス、自覚がないな」

ヨハンは酒臭い息を吐きながら間近で言う。

「無自覚ってのがなによりの証拠なんだよ。おまえが曲がってるっていう」

それこそ言いがかりだ。酔っぱらいの戯れ言だとしても、承服しかねる。いかに自分の恋が高潔かを話して聞かせようとしたところ、

「ところでオルディス」

と、クリストフが思い出したように言った。

「末姫はどうした？　そろそろ婚礼の支度は調いそうか？　あの火事のあと、輿入れが延期になっていただろう」

そう、末姫は例の火事を生き延びた。

鎮火ののち、森で倒れているのをリーヴィエが発見したのだ。早急に薬師のもとへ運び込み、腹の子も無事だった。だが、あの調子だ。オルディス恋しと輿入れ後にも騒ぎを起こすようでは、国際問題に発展しかねない。

モントヴェルト率いるこの国がどうなろうがオルディスは一向にかまわないのだが、国の平和がおびやかされれば、ノエの生活も平穏なままではいられない。彼女の幸せのために、この国には平和であってもらわねばならないのだ。

「そうですね。そろそろ、とは思っています。治療も終わる頃でしょうし」

「治療？　まだ終わっていなかったのか。軽傷だったはずだろう」

「ええ、まあ。そのあたりは先代の粛清屋であるリーヴィエ殿から引き継ぎを受けているところで、僕はまだ詳しくないのですが」

薬師によれば、末姫は『治療』を受けて素直になりつつあるという。

これまで粛清された者たちにも、同じ薬師から同様の『治療』が施されていたというのは、最近聞いた話だ。政権に恨みを募らせぬよう、決して報復など考えぬよう……念入りな『治療』を施されたのち、国外に追放されるのが粛清された者の末路らしい。

いかにもモントヴェルトが好みそうな手だ。

「良き婚礼の日を迎えられると思いますよ」

清々しく微笑むオルディスに、ヨハンもクリストフも同時に嫌な顔をする。やはり一番曲がっているのはおまえだと言わんばかりに。

人聞きの悪い、と言う代わりにオルディスはさらに微笑んで彼らの視線を押し返す。

そこで、にゃあっと廊下から声がした。ラックだ。ベランダに駆け出てくる彼女を抱き上げ「しいっ」と人差し指を唇の前に立てた。

「静かに。ノエさんが起きてしまうでしょう」

そしてかすかな夜風に、ペリドットの瞳を細めた。

眼前に広がる街にはぽつぽつと、生活の明かりが灯る。数えきれない橙色の光の粒は、星というより月のかけらのように見えた。

【了】

あとがき

お久しぶりです。斉河《さいかわ》です。本書をお手に取ってくださって、ありがとうございます。

今回は下僕熱烈志望のお婿さまと、存在感が薄すぎる隅っこ好き公爵令嬢の新婚ラブコメディでした。どこか一箇所でも、くすっと笑っていただけていたら嬉しいです。

数年ぶりのソーニャ文庫さまということで、なかなか調子を戻せずにいる私を、編集Yさまがそれはそれは手厚くサポートしてくださいました。きっと、ご苦労なさっただろうと思います。本当に本当に、心から感謝しています。神保町に足を向けて眠れません！

また、斉河久しぶり！　というようなお気持ちで本書を捲ってくださった方が、もし、もしも、おひとりでもいらしたなら、こんなに嬉しいことはありません。

さて、最近恒例になりつつある『今作の裏話』です。

まずは、修正前は桃色シーンがもう三箇所あったということでしょうか。削ってもこのページ数なので、書きすぎたことは自覚しています……。

それと、お気づきの方もいらしたのではないかと思うのですが、オルディスたちの住む国は仮想フランス、島国が仮想タイです。海を挟んで隣接しているという設定なので、仮想もいいところなのですが、文化は参考にさせていただきました。

そして、今回はヒーローのみならず兄たちのキャラクターが非常に濃いめでした。

私の脳内では、クリストフがお尻フェチっぷりをいかんなく発揮する話や、ヨハンが身分目当てで女の子を追い回しているうちに本気になりストーカー化する話なども、ひそかに展開しているのですが、今作で彼らの背景も明らかになっているので、発表するのは難しい……ですよね。

どちらにせよ、ノエがヒロインたちの手を握って言いそうです。

「いつでもご相談くださいませね！　家族や友人たちにお話ししにくいことでも（同じく少々おかしな性的嗜好《しこう》のパートナーを持つ身として）わたし、お聞きしますから……！」

妻たちだけで女子会を開いたら盛り上がりそうです。

さて、最後になりますが、とっても美麗なイラストを描いてくださった鈴ノ助《すずのすけ》先生、本当にありがとうございました。言動のおかしなところのあるオルディスは、イラストの美しさに助けていただいたと心底感じています。表紙の月の美しさにも惚れ惚れしますね。

また、本書に関わってくださったすべての方と、お手にとってくださったあなたに心からの感謝を込めて。またいつか、お会いできますように。

二〇一八年五月吉日　斉河燈《とう》

Sonya
ソーニャ文庫

この本を読んでのご意見・ご感想をお待ちしております。

◆ あて先 ◆

〒101-0051
東京都千代田区神田神保町2-4-7 久月神田ビル
㈱イースト・プレス　ソーニャ文庫編集部
斉河燈先生／鈴ノ助先生

お婿《むこ》さまは下僕《げぼく》になりたい

2018年6月9日　第1刷発行

著　　者　斉河燈《さいかわとう》
イラスト　鈴ノ助《すずのすけ》
装　　丁　imagejack.inc
D T P　松井和彌
編集・発行人　安本千恵子
発 行 所　株式会社イースト・プレス
〒101-0051
東京都千代田区神田神保町2-4-7 久月神田ビル
TEL 03-5213-4700　FAX 03-5213-4701
印 刷 所　中央精版印刷株式会社

ISBN 978-4-7816-9625-6
定価はカバーに表示してあります。

Sonya ソーニャ文庫の本

『寡黙な夫の溺愛願望』 葉月エリカ

イラスト 芦原モカ